MESTRES DO MISTÉRIO

EDGAR ALLAN POE JACQUES FUTRELLE
G. K. CHESTERTON **WILKIE COLLINS**
ARTHUR CONAN DOYLE

MESTRES DO MISTÉRIO

Crimes quase perfeitos em salas trancadas

TRADUÇÃO
André Gordirro

CURADORIA DOS TEXTOS
Victor Bonini

Veríssimo

MESTRES DO MISTÉRIO. COPYRIGHT © 2024
COPYRIGHT © FARO EDITORIAL, 2024

Todos os direitos reservados.
Nenhuma parte deste livro pode ser reproduzida sob quaisquer meios existentes sem autorização por escrito do editor.
VERÍSSIMO é um selo da Faro Editorial

Diretor editorial **PEDRO ALMEIDA**
Coordenação editorial **CARLA SACRATO**
Tradução **ANDRÉ GORDIRRO**
Preparação **ISRAEL DEL DUQUE** e **GABRIEL TENNYSON**
Revisão **BÁRBARA PARENTE** e **HELÔ BERALDO**
Imagens de capa e miolo **@VIRTUAL ACTORS** e **@ANDREAS | ADOBE STOCK**
Capa e diagramação **VANESSA S. MARINE**

Dados Internacionais de Catalogação na Publicação (CIP)
Jéssica de Oliveira Molinari CRB-8/9852

Mestres do mistério : crimes quase perfeitos em salas trancadas / Arthur Conan Doyle...[et al] ; organizado por Victor Bonini ; tradução de André Gordirro. — São Paulo : Faro Editorial, 2024.
128 p.

ISBN 978-65-5957-476-6

1. Ficção policial 2. Contos de terror I. Doyle, Arthur Conan, 1859-1930 II. Bonini, Victor III. Gordirro, André

22-0928   CDD 808.83872

Índices para catálogo sistemático:

1. Ficção policial

Veríssimo

2ª edição brasileira: 2024
Direitos de edição em língua portuguesa, para o Brasil, adquiridos por
FARO EDITORIAL
Avenida Andrômeda, 885 - Sala 310
Alphaville — Barueri — SP — Brasil
CEP: 06473-000
www.faroeditorial.com.br

SUMÁRIO

Introdução 7
Victor Bonini

A aventura dos dançarinos 11
Arthur Conan Doyle

Os assassinatos na Rua Morgue 35
Edgar Allan Poe

O problema da cela 13 65
Jacques Futrelle

O homem invisível 97
G. K. Chesterton

A história do viajante a respeito de uma cama estranhamente ruim 113
Wilkie Collins

ANTES DE VOCÊ COMEÇAR A INVESTIGAR...

Imagine o seguinte cenário: um personagem resolve se isolar em uma sala. Diz que quer se concentrar, que precisa de alguns minutos para si, e dá a entender que se sente ameaçado por outra pessoa. Na despedida, faz questão de trancar a porta por dentro. E é a última vez que ouvimos falar dele. Horas depois, ele não responde às batidas na porta. Ela é arrombada. Dentro da sala, descobrimos o seu cadáver, com indícios de assassinato. Mas como é possível, se a porta ficou o tempo todo trancada e a chave continua na fechadura, do lado de dentro?

Você já deve conhecer esse cenário de tantas vezes que ele foi replicado nos livros e no cinema. Mas ao mesmo tempo em que o chamado "mistério da sala trancada" é um recurso antigo – usado há pelo menos dois séculos – ele nunca deixou de intrigar. Ao fazer isso, o autor estabelece o mistério em sua essência, como se dissesse: "Leitor, aqui apresento um enigma que pensamos ser insolúvel, mas eu tenho a resposta." Apela aos nossos instintos mais intrínsecos, os mesmos que nos tiram o sono quando há um segredo que queremos descobrir.

Não à toa os maiores nomes da literatura de crime – aquela que por excelência é conhecida pelos segredos ocultos, mistérios estimulantes e revelações surpreendentes – usaram o artifício do crime da sala trancada como uma lousa em branco onde criaram variações, esticaram teorias e testaram novos rumos, tal como cientistas explorando a fundo uma fórmula até extrair tudo dela. Sorte a nossa.

Nesta coletânea, os cinco contos que selecionei são alguns dos mais divertidos e engenhosos desse subgênero no mundo ocidental, tornando-se essenciais para entender a evolução do mistério da sala trancada. Eles abrangem setenta anos de história, começando pelos pais do romance policial, Edgar Allan Poe e Wilkie Collins, e passando por três dos autores que consagraram o gênero, Arthur Conan Doyle,

G. K. Chesterton e Jacques Futrelle. Este último, por sinal, criou o professor Augustus Van Dusen, um gênio conhecido como Máquina Pensante que no conto "O Problema da Cela 13" quer provar que basta uma boa dose de planejamento e lógica para se criar um crime de sala trancada aparentemente insolúvel.

Mas por mais que as variações do mistério sobrevivam ao tempo, os nossos valores mudam. Ler esses contos fica ainda mais prazeroso quando entendemos que eles são fruto do modo de pensar dos séculos XIX e XX. Portanto, essas histórias trazem representações de personagens típicas de suas épocas. É importante identificar o momento histórico, entender o contexto e aproveitar a criação. Dito isso, convido você, leitor, a solucionar esses enigmas, tecidos por grandes autores que, anos depois, continuam a conquistar gerações.

Boas investigações!

Victor Bonini
@boninivictor

Arthur Conan Doyle

A AVENTURA DOS DANÇARINOS

1892

Sentado há horas em silêncio, Holmes curvava as costas sobre um recipiente no qual preparava uma mistura química especialmente fedorenta. Com a cabeça afundada no peito, ele parecia, do meu ponto de vista, um pássaro esguio, com plumagem cinza e um coque preto.

— Então, Watson — disse ele, de repente —, você não tem a intenção de investir em títulos sul-africanos?

Tive um sobressalto. Mesmo acostumado à curiosidade de Holmes, a súbita intrusão em meus pensamentos íntimos era inexplicável.

— Como você sabe disso?

Ele girou no banquinho, um tubo de ensaio fumegante em uma das mãos e um brilho de diversão nos olhos profundos.

— Agora, Watson, confesse que está surpreso.

— Estou.

— Eu deveria obrigá-lo a assinar um papel por isso.

— Por quê?

— Porque em cinco minutos você dirá que toda essa situação é absurdamente simples.

— Tenho certeza de que não direi nada disso.

— Veja, meu caro Watson — ele enfiou o tubo de ensaio no suporte e começou a palestrar com tom professoral —, não é difícil construir uma série de inferências, cada uma dependente da anterior e cada uma simples em si mesma. Se, depois de fazer isso, a pessoa elimina todas as inferências centrais e apresenta ao público o ponto de partida e a conclusão, pode-se produzir um efeito surpreendente, embora possivelmente meretrício. Agora, não foi realmente difícil, com uma inspeção do sulco entre o seu indicador e o polegar esquerdo, ter certeza de que você *não* pretendia investir seu pequeno capital nos campos de ouro.

— Não vejo conexão.

— Muito provavelmente não. Mas posso mostrar uma conexão aproximada, os elos que formam uma corrente simples: 1. Você tinha uma marca de giz entre o indicador e o polegar esquerdo quando voltou do clube na noite passada. 2. Você coloca giz ali quando joga bilhar, para firmar o taco. 3. Você nunca joga bilhar, a não ser com Thurston. 4. Você me disse, há quatro semanas, que Thurston tinha uma oferta de compra de uma propriedade sul-africana que expiraria em um mês e que ele desejava que você a dividisse com ele. 5. Seu talão de cheques está trancado na minha gaveta e você não pediu a chave. 6. Você não pretende investir seu dinheiro dessa maneira.

— Que absurdamente simples! — berrei.
— Deveras! — disse ele, um pouco irritado. — Todo problema se torna muito infantil quando é explicado para a pessoa. Aqui está um problema inexplicável. Veja o que você depreende disso, amigo Watson.

Holmes jogou uma folha de papel sobre a mesa e se voltou novamente para a análise química.

Olhei com espanto para os hieróglifos absurdos no papel.

— Ora, Holmes, é um desenho de criança!
— Ah, essa é a sua avaliação!
— E qual deveria ser?
— Isso é o que o Senhor Hilton Cubitt, da Mansão Riding Thorpe, em Norfolk, está ansioso para saber. Esse pequeno enigma veio no primeiro correio do dia e ele deveria ter vindo no trem seguinte. A campainha está tocando, Watson. Eu não ficaria surpreso se fosse o Senhor Cubitt.

Ouviu-se o peso de um passo na escada e, instantes depois, entrou um cavalheiro alto, corado, de barba feita, cujos olhos claros e faces rosadas indicavam uma vida distante das neblinas da Baker Street. Ele parecia trazer uma lufada do ar fresco e estimulante da costa leste ao entrar. Depois de apertar a mão de cada um de nós, o homem estava prestes a se sentar até que os olhos notaram o papel e as marcas curiosas que eu tinha acabado de examinar sobre a mesa.

— Bem, Senhor Holmes, o que o senhor depreende disso? — perguntou ele.
— Fui informado que o senhor gostava de mistérios estranhos, e eu não acho que vá encontrar um mais estranho do que esse. Enviei o papel logo cedo para que o senhor tivesse tempo de estudá-lo antes de eu chegar.

— É uma arte bastante curiosa — disse Holmes. — À primeira vista, parece uma espécie de brincadeira infantil. Consiste em uma série de figurinhas absurdas dançando no papel desenhado. Por que o senhor deu importância a um objeto tão grotesco?

— Eu não, Senhor Holmes, mas minha esposa sim. Ela está morrendo de medo disso. Não diz nada, mas consigo ver o terror em seus olhos. É por isso que quero investigar isso a fundo.

Holmes ergueu o papel e o iluminou à luz do sol. Era uma página arrancada de um caderno, os desenhos a lápis estavam dispostos desta maneira:

Holmes examinou o papel por algum tempo e o colocou no caderno, após dobrá-lo com cuidado.

— Este caso promete ser muito interessante e fora do comum — falou ele. — O senhor me deu alguns detalhes em sua carta, Senhor Cubitt, mas ficaria muito grato se pudesse, por gentileza, revisar tudo novamente em nome do meu amigo, Doutor Watson.

— Eu não sou lá um grande contador de histórias — disse a visita, abrindo e fechando, nervoso, as mãos grandes. — O senhor me pergunte qualquer coisa que eu não deixe claro, por favor. Começarei na época do meu casamento, no ano passado, mas quero dizer, antes de tudo, que, embora eu não seja um homem rico, minha família está em Riding Thorpe há cinco séculos e não há família mais conhecida no condado de Norfolk. Ano passado, vim a Londres para o Jubileu e parei em uma pensão em Russel Square, porque Parker, o vigário de nossa paróquia, estava hospedado nela. Havia uma jovem americana lá, Patrick era o nome dela, Elsie Patrick. De alguma forma, nos tornamos amigos e, antes mesmo de o mês terminar, dei por mim que eu estava tão apaixonado por ela quanto fosse possível. Casamos discretamente em um cartório e voltamos para Norfolk. O senhor vai achar que é uma loucura, Senhor Holmes, que um homem de uma família boa e antiga se case com uma mulher dessa maneira, sem saber nada a respeito de seu passado ou de sua família, mas se o senhor a visse e a conhecesse, isso o ajudaria a compreender.

"Elsie foi muito direta em relação a isso. Não posso dizer que ela não me deu todas as chances de sair do relacionamento, caso eu quisesse. *'Tive algumas amizades muito desagradáveis na minha vida'*, disse ela, *'e quero esquecer tudo a respeito delas. Prefiro nunca fazer alusão ao passado, pois é muito doloroso para mim. Se você me aceitar, Hilton, você aceitará uma mulher que não tem nada do que se envergonhar pessoalmente, mas terá de se contentar com a minha palavra e permitir que eu fique em silêncio a respeito do que me passou até o momento em que me tornei sua. Se essas condições forem muito difíceis, então retorne a Norfolk e deixe-me com a vida solitária em que você me encontrou'*. Foi apenas na véspera do nosso casamento que ela me disse essas mesmíssimas palavras. Eu respondi que estava contente em aceitá-la em seus termos e cumpri minha palavra.

"Bem, já estamos casados há um ano e somos muito felizes. Mas há cerca de um mês, no final de junho, vi sinais de problemas pela primeira vez. Um dia, minha esposa recebeu uma carta dos Estados Unidos. Eu vi o selo americano. Ela ficou branca como um cadáver, leu a carta e a jogou no fogo. Não fez nenhuma alusão à carta depois e nem eu fiz, porque promessa é dívida, mas ela nunca mais teve sossego desde aquele momento. Sempre há um medo em seu rosto, uma expressão como se estivesse esperando e aguardando. Seria melhor que confiasse em mim, pois descobriria que sou seu melhor amigo. Mas até ela falar, não posso dizer nada. Veja bem, minha esposa é uma mulher honesta, Senhor Holmes, e quaisquer problemas que possam ter ocorrido em sua vida passada não foram por culpa dela. Sou apenas um proprietário de terras de Norfolk, mas não existe um homem na Inglaterra que valorize mais a honra da própria família do que eu. Minha esposa sabe disso muito bem e sabia muito bem antes de se casar comigo. Ela nunca mancharia a honra da minha família, disso eu tenho certeza.

"Bem, agora chego à parte estranha da minha história. Há mais ou menos uma semana, foi na terça-feira da semana passada, encontrei, no peitoril de uma das janelas, uma série de figurinhas dançantes como essas do papel. Elas foram rabiscadas com giz. Pensei que tivessem sido desenhadas pelo cavalariço, mas o rapaz jurou que não sabia de nada. De qualquer forma, as figuras foram rabiscadas durante a noite. Mandei lavar o peitoril e só depois mencionei o assunto à minha esposa. Para minha surpresa, Elsie levou o caso muito a sério e implorou que, se surgissem mais figuras, eu permitisse que ela as visse. Não apareceu nenhuma por uma semana e aí, ontem de manhã, encontrei esse papel no relógio solar do jardim. Mostrei a Elsie e ela desmaiou. Desde então, minha esposa parece que está no meio de um sonho, meio atordoada e com terror à espreita nos olhos. Foi então que escrevi e enviei o papel ao senhor, Senhor Holmes. Não é algo que eu pudesse levar à polícia, pois eles ririam de mim, mas o senhor vai me dizer o que fazer. Não sou um homem rico, mas se houver algum perigo ameaçando minha senhora, gastaria meus últimos cobres para protegê-la."

Ele era um belo espécime de homem da velha terra inglesa: simples, direto e gentil, grandes olhos azuis sérios, rosto largo e atraente. O amor e a confiança pela esposa brilhavam em suas feições. Holmes ouviu a história com atenção e passou algum tempo sentado em silêncio.

— O senhor não acha, Senhor Cubitt — falou ele, finalmente —, que seu melhor plano seria fazer um apelo direto a sua esposa, pedindo que compartilhasse o segredo?

Hilton Cubitt balançou a cabeça enorme.

— Promessa é dívida, Senhor Holmes. Se Elsie quisesse me contar, ela contaria. Do contrário, não me cabe forçar sua confiança. Mas tenho bons motivos para seguir minha própria linha investigativa e vou segui-la.

— Então eu vou ajudá-lo de todo coração. Em primeiro lugar, o senhor ouviu falar de alguma pessoa estranha rondando sua vizinhança?

— Não.

— Suponho que seja um local sossegado. Qualquer rosto novo causaria comentários?

— Na vizinhança próxima, sim. Mas temos várias pequenas biroscas não muito longe. E os fazendeiros aceitam inquilinos.

— Esses hieróglifos têm um significado. Se forem puramente arbitrários, pode ser impossível resolver o caso. Se, por outro lado, forem sistemáticos, não tenho dúvidas de que chegaremos ao ponto central da questão. Mas essa amostra em especial é tão curta que não posso fazer nada, e os fatos que o senhor me trouxe são tão indefinidos que não temos base para uma investigação. Sugiro que volte a Norfolk, fique atento e faça uma cópia exata de todos os novos dançarinos que aparecerem. É uma pena não termos uma reprodução daqueles que foram desenhados no peitoril da janela... Também faça uma investigação discreta a respeito de quaisquer estranhos vistos na vizinhança. Quando o senhor tiver coletado alguma prova nova, volte a mim. Esse é o melhor conselho que posso lhe dar, Senhor Cubitt. Se houver novos avanços urgentes, estarei pronto para ir até a sua casa em Norfolk.

A entrevista deixou Sherlock Holmes pensativo. Várias vezes, nos dias seguintes, o vi retirar o papel do caderno e, com um olhar sério, analisar as figuras curiosas ali inscritas. Entretanto, Holmes não fez nenhuma alusão ao caso até certa tarde, cerca de quinze dias depois. Eu estava saindo quando ele me chamou de volta.

— É melhor você ficar, Watson.

— Por quê?

— Porque recebi um telegrama de Hilton Cubitt hoje de manhã. Você se lembra do Hilton Cubitt, dos dançarinos? Ele deve chegar a Liverpool Street às treze horas e vinte minutos. Vai estar aqui a qualquer momento. Inferi, pelo telegrama, que houve alguns incidentes novos e importantes.

Não tivemos de esperar muito, pois nosso senhor de terras em Norfolk veio da estação o mais rápido que uma charrete conseguiu trazê-lo. Parecia preocupado, deprimido, os olhos cansados e a testa enrugada.

— Ela disse alguma coisa para o senhor?

— Não, Senhor Holmes, ela não me disse nada. Houve ocasiões em que a pobrezinha quis falar, mas não encontrou de onde tirar coragem. Tentei ajudá-la, mas atrevo-me a dizer que fui desajeitado e a assustei. Ela falou a respeito da minha antiga família, de nossa reputação no condado e do orgulho de nossa honra imaculada. Sempre achei que isso a levaria ao assunto, mas, de alguma forma, a coisa morria antes de chegarmos lá.

— Mas o senhor descobriu algo sozinho?

— Muita coisa, Senhor Holmes. Tenho vários desenhos novos de dançarinos para o senhor examinar e, o que é mais importante, vi o sujeito.

— Você viu o homem que os desenha?

— Sim, vi o homem desenhando. Mas vou contar tudo na ordem para o senhor. Quando voltei para casa, depois de visitá-lo, a primeira coisa que vi, na manhã seguinte, foi uma nova safra de dançarinos. Eles foram desenhados a giz na madeira escura da porta do barracão de ferramentas, que fica ao lado do gramado, à vista das janelas frontais. Fiz uma cópia exata e aqui está.

Ele desdobrou um papel e o colocou na mesa. A cópia dos hieróglifos era a seguinte:

— Excelente! — falou Holmes. — Excelente! Continue, por favor.

— Depois de copiar, apaguei as marcas, mas, duas manhãs depois, apareceu uma nova inscrição. Tenho uma cópia dela aqui!

Holmes esfregou as mãos e riu de alegria.

— Nosso material está crescendo rapidamente — disse ele.

— Três dias depois, uma mensagem rabiscada em papel foi deixada sob uma pedrinha em cima do relógio solar. Aqui está. Os personagens são, como o senhor pode ver, exatamente iguais aos anteriores. Depois disso, resolvi esperar. Então, peguei meu revólver e me sentei no escritório, que dá para o gramado e o jardim. Por volta das duas da manhã, eu estava sentado em frente à janela, tudo escuro exceto pelo luar lá fora, quando ouvi passos atrás de mim, mas lá estava minha esposa de robe. Elsie implorou para que eu fosse para a cama e eu disse a ela, com sinceridade, que gostaria de ver quem foi que pregou peças tão absurdas em nós. Minha esposa respondeu que era uma brincadeira sem sentido e que eu não devia dar atenção ao caso: *"Se isso realmente incomoda você, Hilton, podemos viajar, você e eu, para evitar esse incômodo"*. "O que, ser expulso de nossa própria casa por um brincalhão?", disse eu. "Ora, o condado inteiro riria de nós." Então, ela me disse: *"Bem, venha para a cama e podemos discutir isso de manhã."* De repente, enquanto ela falava, vi o seu rosto branco ficar mais branco ainda ao luar e sua mão apertou meu ombro. Algo se movia na sombra do barracão de ferramentas. Vi uma silhueta escura se esgueirando pelo canto e se agachando diante da porta. Peguei a arma e comecei a correr para fora, mas minha esposa me abraçou e me segurou com força convulsiva. Tentei afastá-la, mas Elsie se agarrou em mim, desesperada. Por fim, consegui escapar, mas quando abri a porta e cheguei ao barracão, a criatura havia sumido. No entanto, havia deixado um traço de sua presença, pois ali na porta estava o arranjo de dançarinos que já tinha aparecido duas vezes e que copiei naquele papel. Não havia nenhum outro sinal do sujeito em qualquer lugar, embora eu tenha corrido por todo o terreno. E, no entanto, o surpreendente é que ele devia estar lá o tempo todo, pois quando examinei a porta de manhã, o sujeito havia rabiscado mais desenhos sob a linha que eu já tinha visto.

— O senhor está com aquele desenho novo?

— Sim, é muito curto, mas fiz uma cópia e aqui está.

Ele apresentou um papel novamente. A nova dança era assim:

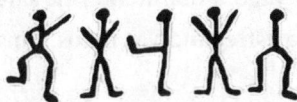

— Diga-me — falou Holmes, e pude ver pelo olhar que estava muito animado —, isso foi um mero acréscimo ao primeiro desenho ou parecia estar totalmente separado?

— Estava em um painel diferente da porta.

— Excelente! Esse é o desenho mais importante de todos para o nosso propósito. Isso me enche de esperanças. Agora, Senhor Cubitt, continue com sua declaração mais interessante.

— Não tenho mais nada a dizer, Senhor Holmes, a não ser que fiquei com raiva da minha esposa naquela noite por ter me impedido quando eu poderia ter pegado o patife furtivo. Ela disse que temia que eu pudesse me machucar. Por um instante, pensei que talvez o que a Elsie realmente temesse era que *ele* pudesse se machucar, pois eu não podia duvidar de que ela soubesse quem era aquele homem e o que ele queria dizer com esses sinais estranhos. Mas há um tom na voz da minha esposa, Senhor Holmes, e uma expressão em seus olhos que proíbe dúvidas, e tenho certeza de que realmente era a minha própria segurança que estava na mente de Elsie. O caso é esse, e agora quero seu conselho em relação ao que devo fazer. Estou propenso a colocar meia dúzia dos rapazes da fazenda no matagal e, quando esse sujeito voltar, vão lhe dar uma surra tão grande que ele nos deixará em paz no futuro.

— Infelizmente, esse é um caso sério demais para soluções simples como essa — disse Holmes. — Quanto tempo o senhor consegue ficar em Londres?

— Tenho que voltar hoje. Não deixaria minha esposa sozinha a noite toda por nada. Ela está muito nervosa e me implorou para voltar.

— Ouso dizer que o senhor está certo. Mas se pudesse ficar, eu poderia voltar com o senhor em um ou dois dias. Enquanto isso, deixe comigo esses papéis. Provavelmente, poderei visitá-lo em breve e esclarecer seu caso.

Sherlock Holmes manteve a calma profissional até que a visita foi embora, ainda que fosse fácil para mim, que o conhecia tão bem, ver seu entusiasmo. No momento em que as costas largas de Hilton Cubitt desapareceram pela porta, meu camarada correu para a mesa, colocou os pedaços de papel com os dançarinos diante de si e mergulhou em um cálculo intrincado. Por duas horas, observei-o enquanto ele cobria folha atrás de folha com figuras e letras, tão absorto na tarefa que havia esquecido minha presença. Às vezes, ao fazer progressos, Holmes assobiava e cantarolava durante o trabalho; outras vezes a confusão o deixava sentado por longos períodos, com a testa franzida e o olhar vago. Finalmente, ele saltou da cadeira com um grito de satisfação e andou pela sala esfregando as mãos. Em seguida, escreveu um longo telegrama em um formulário.

— Se minha resposta para essa situação for a que espero, você terá um belo caso para acrescentar à sua coleção, Watson — falou Holmes. — Espero que possamos descer para Norfolk amanhã e levar ao nosso amigo algumas notícias quanto ao segredo de seu aborrecimento.

Confesso que fiquei bem curioso, mas sabia que Holmes gostava de revelações no próprio tempo e à própria maneira; então, esperei até que fosse conveniente contar os segredos a mim.

Mas houve um atraso no telegrama de resposta e se seguiram dois dias de impaciência, durante os quais Holmes apurou os ouvidos a cada toque da campainha. Na segunda noite, chegou uma carta de Hilton Cubitt. Tudo estava bem, a não ser pelo desenho que tinha aparecido naquela manhã no pedestal do relógio de sol. Cubitt incluiu uma cópia, que está reproduzida aqui:

Holmes curvou-se sobre esse friso grotesco por alguns minutos e, de repente, pôs-se de pé com uma exclamação de surpresa e desânimo, o rosto abatido pela ansiedade.

— Deixamos esse caso ir longe demais — disse ele. — Há um trem para North Walsham hoje à noite?

Consultei os horários. O último tinha acabado de sair.

— Assim sendo, faremos o desjejum cedo e tomaremos o primeiro trem pela manhã — falou Holmes. — Nossa presença é necessária com urgência. Ah! Aqui está o nosso esperado cabograma. Um momento, pode haver uma resposta. Não, é exatamente o que eu esperava. Esta mensagem torna ainda mais essencial que não percamos mais uma hora para informar a Hilton Cubitt em que pé estão as coisas, pois é uma teia singular e perigosa na qual nosso simples senhor de terras de Norfolk está emaranhado.

Ficou, assim, realmente provado, e quando chego à sombria conclusão de uma história que me parecia apenas infantil e bizarra, sinto mais uma vez a consternação e o horror que me encheram. Quisera eu ter um final alegre para comunicar aos meus leitores, mas estas são as crônicas dos fatos e devo seguir para a crise em relação à estranha cadeia de eventos que, por alguns dias, fez da Mansão Riding Thorpe um nome conhecido por toda a Inglaterra.

Mal havíamos chegado a North Walsham e mencionado o nome de nosso destino, quando o chefe da estação correu em nossa direção.

— Suponho que os senhores sejam os detetives de Londres? — disse ele.

Um aborrecimento passou pelo rosto de Holmes.

— O que o faz pensar isso?

— O inspetor Martin de Norwich acabou de passar. Mas talvez os senhores sejam os cirurgiões. Ela não está morta, ou não estava, segundo os últimos relatos. Os senhores podem chegar a tempo de salvá-la ainda, embora vá para a forca.

A testa de Holmes se contraiu de ansiedade.

— Estamos indo à Mansão Riding Thorpe — falou ele —, mas não ouvimos nada a respeito do que se passou lá.

— É uma situação terrível — disse o chefe da estação. — Eles foram baleados, tanto o Senhor Cubitt quanto a esposa. Ela atirou no marido e depois em si mesma, é o que dizem os criados. Ele está morto e não há esperança para a vida da Senhora Cubbit. Nossa, uma das famílias mais antigas do condado de Norfolk e uma das mais honradas.

Sem dizer uma palavra, Holmes correu para uma carruagem e, durante a viagem de onze quilômetros, não abriu a boca. Raramente o vi tão desanimado. Ele ficou inquieto ao longo da viagem. Observei que Holmes havia revirado os jornais matutinos com atenção e ansiedade, mas essa percepção de seus piores medos o deixou em profunda melancolia. Ele se recostou no assento, perdido em especulações. No entanto, havia muita coisa para despertar o nosso interesse, pois estávamos passando por um campo tão singular quanto qualquer outro na Inglaterra, onde algumas cabanas espalhadas representavam a população de hoje, enquanto por toda parte igrejas enormes de torres quadradas surgiam na planície verde, como testemunhas da glória e da prosperidade da velha Ânglia Oriental. Por fim, a orla violeta do Mar do Norte apareceu sobre a costa verde de Norfolk e o condutor apontou o chicote para duas velhas empenas de tijolo e madeira que se projetavam de um bosque.

— Aquela é a Mansão Riding Thorpe — falou ele.

Enquanto a carruagem foi à porta frontal sob o pórtico, avistei, em frente a ela, ao lado da quadra de tênis, o barracão preto de ferramentas e o relógio de sol sobre o pedestal com o qual tínhamos associações tão estranhas. Um homenzinho elegante, de modos rápidos e alertas, com bigode encerado, tinha acabado de descer de uma charrete alta. Ele se apresentou como inspetor Martin, da Polícia de Norfolk, e ficou consideravelmente surpreso quando ouviu o nome de meu companheiro.

— Ora, Senhor Holmes, o crime só foi cometido às três da manhã de hoje. Como o senhor soube dele em Londres e chegou ao local tão cedo quanto eu?

— Eu antevi o crime. Vim na esperança de evitá-lo.

— Então o senhor deve ter provas importantes, as quais nós ignoramos, pois eles eram considerados um casal muito unido.

— Tenho apenas as provas dos dançarinos — disse Holmes. — Eu explicarei o assunto ao senhor mais tarde. Enquanto isso, como não podemos mais evitar essa tragédia, estou muito ansioso para usar o conhecimento que possuo a fim de garantir que a justiça seja feita. O senhor vai me incluir em sua investigação ou prefere que eu aja de forma independente?

— Eu teria orgulho de considerar que vamos agir juntos, Senhor Holmes — disse o inspetor com sinceridade.

— Nesse caso, eu ficaria contente em ouvir sobre as provas e examinar o recinto sem atrasos desnecessários.

O inspetor Martin teve o bom senso de permitir que meu amigo fizesse as coisas à sua maneira e contentou-se em anotar cuidadosamente os resultados. O cirurgião local, um senhor de cabelos brancos, tinha acabado de descer do quarto da Senhora Cubitt e relatou que os ferimentos dela eram graves, mas não necessariamente fatais. A bala havia passado pela frente do cérebro e provavelmente levaria algum tempo até que a Senhora Cubitt pudesse recuperar a consciência. Quanto à questão de saber se ela havia levado um tiro ou se tinha dado um tiro em si mesma, ele não arriscou uma opinião decidida. A bala havia sido disparada à queima-roupa. Apenas um revólver fora encontrado no recinto, com dois cilindros vazios no tambor. O Senhor Hilton Cubitt levou um disparo no coração. Era concebível que tivesse atirado na esposa e depois em si mesmo ou que ela fosse a criminosa, afinal, o revólver jazia no chão entre os dois.

— Ele foi movido? — perguntou Holmes.

— Não movemos nada, exceto a Senhora Cubbit. Não podíamos deixá-la ferida no chão.

— Há quanto tempo o senhor está aqui, doutor?

— Desde as quatro horas.

— Alguém mais?

— Sim, o policial aqui.

— E o senhor não tocou em nada?

— Nada.

— O senhor agiu com grande discrição. Quem o chamou?

— A criada, Saunders.

— Foi ela quem deu o alarme?

— Ela e a Senhora King, a cozinheira.

— Onde elas estão agora?

— Na cozinha, creio eu.

— Então, acho melhor ouvirmos a história delas imediatamente.

O antigo salão de painéis de carvalho e janelas altas havia sido transformado em um tribunal de investigação. Holmes estava sentado em uma cadeira grande, antiquada, com os olhos brilhando no rosto abatido. Pude ler neles uma devoção ao cliente, que falhou em salvar, até que fosse vingado. O esguio inspetor Martin, o médico local de cabelos grisalhos, eu e um impassível policial de vilarejo formamos o restante da estranha companhia.

As duas mulheres contaram a história com bastante clareza. Foram despertadas do sono por uma explosão, seguida um minuto depois por uma segunda. As duas dormiam em quartos vizinhos e a Senhora King correu para o quarto de Saunders. Juntas, desceram as escadas. Atrás da porta aberta do escritório, havia uma vela acesa sobre a mesa. O patrão estava deitado de bruços no centro do cômodo. E ele estava bem morto. Perto da janela, encontraram a esposa agachada, a cabeça apoiada na parede. A Senhora Cubbit estava terrivelmente ferida, a lateral do rosto vermelha de sangue. Ela respirava pesadamente, incapaz de dizer qualquer coisa. A passagem, assim como o cômodo, ficara cheia de fumaça e cheiro de pólvora. A janela estava fechada e trancada por dentro. Ambas as mulheres afirmaram esse ponto. Mandaram chamar imediatamente o médico e o policial. Então, com a ajuda do cavalariço e de seu aprendiz, as duas levaram a patroa ferida para o quarto. Tanto a esposa quanto o marido usaram a cama. Ela de vestido, ele de roupão por cima do pijama. Nada foi movido de lugar no escritório. Até onde as duas sabiam, nunca houve qualquer briga entre marido e mulher. Elas sempre os consideraram um casal unido.

Esses foram os principais pontos das declarações das criadas. Em resposta ao inspetor Martin, elas deixaram claro que todas as portas estavam trancadas por dentro e que ninguém poderia ter escapado da casa. Em resposta a Holmes, as duas se lembraram de que sentiram o cheiro de pólvora desde o momento em que saíram dos quartos no último andar.

— Recomendo que atente com muito cuidado para esse fato — disse Holmes ao colega de profissão. — Agora, acho que estamos em condições de realizar um exame completo do cômodo.

O ESCRITÓRIO SE REVELOU uma pequena câmara com três paredes forradas de livros e uma escrivaninha voltada a uma janela que dava para o jardim. Primeiro, demos atenção ao cadáver do pobre senhor de terras, cujo corpanzil jazia estendido no recinto. A roupa desarrumada mostrava que o homem havia sido despertado às pressas. A bala, disparada nele pela frente, permaneceu no corpo após penetrar no coração. A morte de Hilton Cubitt certamente foi instantânea e indolor. Não havia marcas de pólvora no robe nem nas mãos. De acordo com o médico local, a esposa tinha manchas no rosto, mas nenhuma nas mãos.

— A ausência de manchas nas mãos não significa nada, embora sua presença possa significar tudo — falou Holmes. — A menos que a pólvora de uma bala mal encaixada por acaso salte para trás, uma pessoa é capaz de disparar muitos tiros sem deixar sinais. Eu sugeriria que o corpo do Senhor Cubitt possa ser removido agora. Suponho, doutor, que o senhor não tenha recuperado a bala que feriu a esposa?

— Será necessária uma operação séria antes que isso possa ser feito. Mas ainda há quatro balas no revólver. Duas foram disparadas e dois ferimentos infligidos, de modo que cada bala pode ser contabilizada.

— É o que parece — disse Holmes. — Talvez o senhor também possa contabilizar a bala que tão obviamente atingiu a borda da janela?

Ele havia se virado de repente, o dedo fino e comprido apontando para uma perfuração no caixilho inferior, a mais ou menos três centímetros acima da base.

— Por São Jorge! — gritou o inspetor. — Como o senhor viu isso?

— Eu procurei.

— Que maravilha! — disse o médico local. — O senhor está certíssimo. Então, um terceiro tiro foi disparado e, portanto, uma terceira pessoa deve ter estado presente. Mas quem poderia ter sido e como ela teria escapado?

— Esse é o problema que estamos prestes a resolver — falou Sherlock Holmes. — As criadas disseram que, ao saírem do quarto, imediatamente sentiram um cheiro de pólvora. O senhor se lembra, inspetor Martin, de que comentei que essa questão era extremamente importante?

— Sim, senhor, mas confesso que não compreendi muito bem.

— Aquilo deu a entender que, no momento dos disparos, tanto a janela quanto a porta do escritório estavam abertas. Caso contrário, a fumaça da pólvora não poderia ter se espalhado tão rapidamente pela casa. Para isso, seria necessária uma corrente de ar no recinto. Tanto a porta quanto a janela ficaram abertas por um curto período de tempo, no entanto.

— Como o senhor prova isso?

— A vela não estava derretida.

— Bravo! — gritou o inspetor. — Bravo!

— Com a certeza de que a janela estava aberta, imaginei que poderia ter uma terceira pessoa envolvida no caso e que esta ficou do lado de fora e atirou pela abertura. Qualquer tiro nessa pessoa poderia acertar o caixilho. Eu olhei e lá estava a marca da bala!

— Mas como a janela foi fechada e trancada?

— O primeiro instinto da Senhora Cubbit seria fechar e trancar a janela. Mas, ora! O que é isso?

Era uma bolsa de mulher em cima da escrivaninha do escritório, um pequeno modelo elegante de pele de crocodilo e prata. Holmes a abriu, a virou e despejou seu conteúdo. Havia vinte notas de cinquenta libras do Banco da Inglaterra, unidas por um elástico, e nada mais.

— Isso precisa ser preservado, pois deve ser evidenciado no julgamento — disse Holmes, ao entregar a bolsa e o conteúdo ao inspetor. — É necessário, agora, esclarecer a questão dessa terceira bala, que, claramente, pelas lascas na madeira, foi disparada de dentro da sala. Eu gostaria de ver a Senhora King, a cozinheira, novamente. A senhora falou, Senhora King, que foi acordada por uma explosão *alta*. Ao afirmar isso, a senhora quis dizer que parecia mais alta do que a segunda?

— Bem, senhor, a explosão me acordou do sono, então, é difícil julgar. Mas me pareceu muito alta mesmo.

— A senhora não acha que podem ter sido dois tiros disparados quase ao mesmo tempo?

— Não saberia dizer, senhor.

— Acredito que tenha acontecido dessa forma, sem dúvida. Inspetor Martin, creio que esgotamos tudo o que este recinto pode nos ensinar. Se o senhor fizer a gentileza de vir comigo, veremos que novas provas o jardim tem a oferecer.

Um canteiro de flores se estendia até a janela do escritório e soltamos uma exclamação ao nos aproximarmos dele. As flores foram pisoteadas e o solo macio estava marcado por pegadas. Eram pés grandes, masculinos, com dedos estranhamente compridos e afiados. Em meio às folhas no gramado, Holmes caçava como um labrador atrás de um pássaro ferido. Então, com um grito de satisfação, ele se abaixou e pegou um pequeno cilindro de bronze.

— Bem que imaginei! — disse ele. — O revólver tinha um ejetor e aqui está o terceiro cartucho. Eu realmente acho, inspetor Martin, que o nosso caso está quase concluído.

O rosto do inspetor tinha mostrado espanto com o progresso magistral da investigação. De início, o homem havia demonstrado alguma vontade em defender o próprio papel, mas agora estava dominado por admiração, pronto para seguir Holmes sem questionar nada.

— De quem o senhor suspeita? — perguntou ele.

— Abordarei essa questão mais tarde. Existem vários pontos que ainda não fui capaz de explicar aos senhores. Agora que cheguei até aqui, é melhor prosseguir do meu próprio modo e, então, esclarecerei o assunto inteiro de uma vez só.

— Como desejar, Senhor Holmes, desde que capturemos o homem.

— Não quero fazer mistério, mas é impossível, no momento da ação, entrar em explicações longas e complexas. Tenho todos os fios deste caso em minhas mãos. Mesmo que a Senhora Cubbit jamais recupere a consciência, ainda podemos reconstruir os eventos da noite passada e garantir que a justiça seja feita. Em primeiro lugar, gostaria de saber se existe alguma estalagem nesta vizinhança conhecida como "Elrige's"?

Os criados foram interrogados, mas nenhum deles tinha ouvido falar de tal lugar. O aprendiz de cavalariço esclareceu o assunto ao lembrar que um fazendeiro com aquele nome morava a alguns quilômetros, na direção de East Ruston.

— É uma fazenda isolada?

— Muito isolada, senhor.

— Talvez eles ainda não tenham ouvido falar do que aconteceu aqui durante a noite?

— Talvez não, senhor.

Holmes pensou um pouco e um sorriso curioso surgiu em seu rosto.

— Sele um cavalo, meu rapaz — disse ele. — Quero que você leve um bilhete para a Fazenda Elrige's.

Do bolso, Sherlock Holmes tirou vários papéis com as figuras dos dançarinos. Colocou-os diante de si e trabalhou algum tempo na escrivaninha. Finalmente, entregou um bilhete ao menino com instruções para colocá-lo nas mãos da pessoa a quem era endereçado e, especialmente, para não responder a nenhuma pergunta que pudesse ser feita a ele. Eu vi o bilhete endereçado em letras dispersas e irregulares, muito diferentes da caligrafia precisa de Holmes. Era para ser entregue ao Senhor Abe Slaney, Fazenda Elrige's, East Ruston, Norfolk.

— Eu acho, inspetor — observou Holmes —, que seria melhor o senhor telegrafar pedindo uma escolta, pois, se meus cálculos estiverem corretos, o senhor talvez tenha um prisioneiro perigoso para transportar à prisão do condado. O menino que vai levar este bilhete sem dúvida poderia encaminhar o seu telegrama. Se houver um trem vespertino para a cidade, Watson, acho que devemos pegá-lo, pois tenho uma análise química importante para terminar, e esta investigação está chegando ao fim rapidamente.

Quando o bilhete foi despachado com o jovem, Sherlock Holmes instruiu os criados: se alguma visita perguntasse pela Senhora Hilton Cubitt, nenhuma informação sobre seu estado deveria ser dada, mas a pessoa deveria ser conduzida à sala de estar. Ele fez os criados compreenderem esses pontos com o máximo de seriedade. Por fim, entendendo que o caso agora estava fora de nossas mãos, Holmes nos conduziu à sala de estar e percebi que devíamos passar o tempo da melhor maneira possível até que pudéssemos ver o que nos esperava. O médico partiu para ver seus pacientes. Apenas o inspetor e eu permanecemos.

— Acho que posso ajudá-lo a passar o tempo de maneira interessante e proveitosa — disse Holmes, puxando a cadeira até a mesa e espalhando diante de si os papéis das travessuras dos dançarinos. — Quanto a você, amigo Watson, lhe devo uma compensação por ter permitido que sua curiosidade permanecesse insatisfeita por tanto tempo. Para o senhor, inspetor, o incidente pode ser considerado um estudo profissional. Devo contar, em primeiro lugar, as circunstâncias interessantes relacionadas às reuniões anteriores que tive com o Senhor Cubitt em Baker Street.

Holmes, então, recapitulou brevemente os fatos registrados.

— Tenho aqui, diante de mim, essas obras singulares que poderiam fazer uma pessoa sorrir, não fossem precursoras de uma tragédia tão terrível. Estou bastante familiarizado com todas as formas de escrita secreta e sou o autor de uma monografia insignificante a respeito do assunto na qual analiso cento e sessenta cifras distintas, mas confesso que essa foi completamente inédita para mim. Aparentemente, o objetivo daqueles que inventaram esse sistema era o de esconder que os personagens transmitem uma mensagem, dar ideia de que são meros esboços aleatórios de crianças.

"A partir do momento em que reconheci, no entanto, que os símbolos representavam letras e, tendo aplicado as regras que orientam as formas de escrita secreta, a solução foi bastante fácil. A primeira mensagem enviada para mim foi muito curta e me foi impossível fazer mais do que dizer, com alguma confiança, que um dos símbolos representava a letra E. Como os senhores sabem, E é a letra mais recorrente do alfabeto de língua inglesa e predomina a tal ponto que, mesmo em uma frase curta, seria de se esperar encontrá-la com mais frequência. Dos quinze símbolos da primeira mensagem, quatro eram iguais, então, era razoável defini-lo como E. É verdade que, em alguns casos, a figura estava carregando uma bandeira e em outros não; mas era provável, pela maneira como as bandeiras foram distribuídas, que elas servissem para dividir a frase em palavras. Eu aceitei isso como uma hipótese e notei que E era representado por

"Mas depois é que veio a verdadeira dificuldade da investigação. A ordem das letras na língua inglesa após a letra E não é de forma alguma bem definida e qualquer preponderância mostrada em uma folha impressa pode ser invertida em uma única frase curta. Falando por alto, T, A, O, I, N, S, H, R, D e L representam a ordem numérica em que as letras ocorrem, mas T, A, O e I estão quase empatadas, de modo que seria uma tarefa infindável tentar cada combinação até chegar a um significado. Portanto, esperei por material novo. Na segunda entrevista com o Senhor Cubitt, ele conseguiu me dar outras duas frases curtas e uma mensagem que parecia, visto que não havia bandeira, ser uma única palavra. Aqui estão os símbolos. Agora, em uma única palavra, já tenho os dois E's que vêm em segundo e quarto lugar em uma palavra de cinco letras. Pode ser '*sever*' ou '*lever*' ou '*never*'[1]. Não há dúvida de que esta última palavra, '*never*', é de longe a mais provável como resposta a um apelo. As circunstâncias apontam para que seja uma resposta escrita pela Senhora Cubbit. Aceitando-a como a palavra correta, pude deduzir que os símbolos representam respectivamente N, V e R.

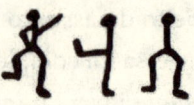

---

1. "Romper", "alavanca" ou "nunca", em português. A tradução literal da cifra não faz sentido algum em português, então, preservamos o texto original para compreender o raciocínio de Holmes e, aqui, esclarecemos o significado das palavras e frases cifradas. (N. do T.)

"Continuei com grandes dificuldades, mas uma ideia feliz me forneceu várias outras letras. Ocorreu-me que, se esses apelos tivessem vindo, como eu esperava, de alguém que foi íntimo da Senhora Cubbit na vida pregressa, uma combinação que contivesse duas letras E com três letras no meio poderia, muito bem, representar o nome 'ELSIE'. Ao examinar, descobri que tal combinação formava o término da mensagem, que era repetida três vezes. Certamente, era algum apelo para 'ELSIE'. Dessa forma, eu obtive L, S e I. Mas que apelo poderia ser? Havia apenas quatro palavras que terminavam em E que precedia 'ELSIE'. Certamente, deveria ser 'COME'[2]. Tentei todas as outras quatro palavras terminadas em E, mas não consegui encontrar nenhuma que se encaixasse. Portanto, agora eu tinha C, O e M, e estava pronto para atacar a primeira mensagem mais uma vez, dividindo-a em palavras e colocando pontos no lugar de cada símbolo desconhecido. Feito isso, a mensagem ficou assim:

.M.ERE.E SL.NE.

"Agora, a primeira letra só *pode* ser A, o que é uma descoberta muito útil, visto que ocorre não menos do que três vezes nesta frase curta, e o H também é aparente na segunda palavra. A mensagem se torna:

AM HERE A.E SLANE.[3]

Ou, ao preencher as lacunas óbvias no nome:

AM HERE ABE SLANEY[4].

Tinha tantas letras naquele momento que pude prosseguir com grande confiança para a segunda mensagem, que ficou assim:

A. ELRI. ES.

---

2. "VENHA". (N. do T.)

3. ESTOU AQUI A.E SLANE. (N. do T.)

4. ESTOU AQUI ABE SLANEY (N. do T.)

Aqui, a mensagem só faria sentido se eu colocasse T e G nas letras que faltavam, supondo que o nome fosse de alguma casa ou estalagem onde o remetente estivesse hospedado.

Com o maior interesse, o inspetor Martin e eu ouvimos o relato de como meu amigo havia conseguido resultados que levaram a um domínio tão completo de nossas dificuldades.

— O que o senhor fez então? — perguntou o inspetor.

— Eu tinha vários motivos para supor que esse Abe Slaney era americano, visto que Abe é uma contração americana e uma carta dos Estados Unidos tinha sido o ponto de partida da confusão toda. Eu também tinha vários motivos para pensar que havia algum segredo criminoso na questão. Tanto as alusões da Senhora Cubbit ao passado quanto sua recusa em confiá-las ao marido apontavam nessa direção. Portanto, mandei um telegrama para meu amigo Wilson Hargreave, da polícia de Nova York, que mais de uma vez fez uso de meus conhecimentos a respeito da criminalidade em Londres. Eu perguntei se ele conhecia o nome de Abe Slaney. Eis a resposta de Hargreave: "É o vigarista mais perigoso de Chicago". Na mesma noite em que recebi a resposta, Hilton Cubitt me enviou a última mensagem de Slaney. Trabalhando com as letras conhecidas, a mensagem ganhou essa forma:

ELSIE.RE.ARE TO MEET THY GO[5].

O acréscimo de um P e um D[6] completou uma mensagem que me mostrou que o patife estava evoluindo da persuasão para ameaças, e meu conhecimento a respeito dos vigaristas de Chicago me preparou para descobrir que ele poderia, muito rapidamente, transformar suas palavras em ação. Vim imediatamente a Norfolk com meu amigo e colega, o Doutor Watson, mas, infelizmente, só a tempo de descobrir que o pior já havia acontecido.

— É um privilégio trabalhar com o senhor na condução de um caso — falou o inspetor com entusiasmo. — Peço perdão, no entanto, pela franqueza. O senhor

---

5. ELSIE.PARE. PARA ENCONTRAR SEU DEU. (N. do T.)

6. Ao acrescentar um P e um D na frase em inglês, Holmes formou a frase "ELSIE PREPARE TO MEET THY GOD", que, traduzida para o português, seria "ELSIE PREPARE PARA ENCONTRAR SEU DEUS". Daí Holmes chega à conclusão de que "o patife estava evoluindo da persuasão para ameaças". (N. do T.)

não presta contas a ninguém, mas eu tenho que prestar contas aos meus superiores. Se esse Abe Slaney está hospedado em Elrige's e ele realmente for o assassino, e se ele fugiu enquanto estou sentado aqui, certamente estarei enrascado.

— O senhor não precisa se preocupar. Ele não tentará escapar.

— Como o senhor sabe?

— Fugir seria uma confissão de culpa.

— Então, vamos prendê-lo!

— Espero que Abe Slaney chegue aqui a qualquer momento.

— Mas por que ele viria?

— Porque eu escrevi pedindo que viesse.

— Mas isso é incrível, Senhor Holmes! Por que ele responderia ao seu convite? Um pedido assim não despertaria suspeitas em Abe Slaney e o levaria a fugir?

— Acho que eu soube redigir a carta — respondeu Sherlock Holmes. — Na verdade, se não estou enganado, aqui está o cavalheiro em pessoa chegando pela porta da frente da casa.

Um homem subia a passos largos o caminho que levava à porta. Um sujeito alto, bonito, de pele morena, vestindo terno de flanela cinza e chapéu-panamá, com uma barba preta eriçada e um nariz adunco e agressivo, brandindo uma bengala enquanto andava. O homem subiu afetado, como se o lugar pertencesse a ele. Ouvimos seu toque alto e confiante à campainha.

— Creio, senhores — disse Holmes, calmamente —, que é melhor tomarmos nossa posição atrás da porta. Todas as precauções são necessárias ao lidar com uma pessoa dessa estirpe. O senhor precisará das algemas, inspetor. Pode deixar a conversa comigo.

Esperamos em silêncio por um minuto — um daqueles minutos que nunca esquecemos. A porta se abriu e o homem entrou. Em um instante, Holmes levou uma pistola à cabeça dele e Martin colocou as algemas em seus pulsos. Tudo foi feito com tanta rapidez e habilidade que o sujeito ficou desnorteado. Até que ele fulminou os dois com um par de olhos negros intensos e, logo em seguida, irrompeu em uma gargalhada amarga.

— Bem, senhores, vocês me pegaram de surpresa dessa vez. Parece que me meti em uma enrascada. Mas vim aqui em resposta a uma carta da Senhora Hilton Cubitt. Não me diga que ela está envolvida nisso? Não me diga que ela ajudou a tramar uma armadilha para mim?

— A Senhora Hilton Cubitt ficou gravemente ferida e está às portas da morte.

O homem soltou um grito rouco de dor, que ecoou pela casa.

— O senhor está maluco! — berrou ele, ferozmente. — Foi ele que se machucou, não ela. Quem machucaria a pequena Elsie? Posso tê-la ameaçado, que Deus me perdoe, mas não teria tocado em um fio de cabelo de sua linda cabeça. O senhor aí, retire o que disse! Diga que ela não está ferida!

— Ela foi encontrada gravemente ferida, ao lado do marido morto.

Com um gemido profundo, o homem se afundou no sofá e enfiou o rosto nas mãos algemadas. Ficou em silêncio por cinco minutos; então, ergueu os olhos mais uma vez e falou com a frieza do desespero:

— Não tenho nada a esconder dos senhores — disse. — Se atirei no homem, foi porque ele atirou em mim e não há assassinato nesse caso. Mas se os senhores acham que eu seria capaz de ter machucado aquela mulher, então não me conhecem, nem a ela. Estou dizendo que nunca houve um homem neste mundo que amou uma mulher mais do que eu a amei. Eu tinha direito sobre ela. Elsie me foi prometida há anos. Quem era esse inglês para se colocar entre nós? Afirmo que tive direito sobre ela primeiro e que estava apenas reivindicando o que era meu.

— Ela se livrou de sua influência quando descobriu o homem que o senhor é — Holmes falou em tom severo. — A Senhora Hilton Cubitt fugiu dos Estados Unidos para evitá-lo e se casou com um cavalheiro honrado na Inglaterra. O senhor a perseguiu e tornou a vida dela um suplício, com a intenção de induzi-la a abandonar o marido que ela amava e respeitava para fugir com o senhor, a quem temia e odiava. O senhor acabou provocando a morte de um homem nobre e levando a esposa dele ao suicídio. Essa é a sua participação neste caso, Senhor Abe Slaney, e o senhor responderá por isso perante a lei.

— Se Elsie morrer, não me importo com o que acontecerá comigo — disse o americano.

Ele abriu uma das mãos e olhou para um bilhete amassado na palma.

— Veja aqui, senhor! — gritou o homem, com um brilho de suspeita nos olhos. — O senhor não está tentando me assustar com isso, está? Se Elsie está tão ferida como o senhor diz, quem foi que escreveu este bilhete?

Ele jogou o papel sobre a mesa.

— Eu o escrevi, para trazê-lo aqui.

— O senhor escreveu o bilhete? Não havia ninguém na face da terra fora da gangue que conhecesse o segredo dos dançarinos. Como o senhor conseguiu escrever?

— O que um homem pode inventar, outro pode descobrir — falou Holmes. — Há um táxi vindo para levá-lo a Norwich, Senhor Slaney. Mas, enquanto isso, o senhor tem tempo para fazer uma pequena reparação pelo dano que causou. O senhor está ciente de que a própria Senhora Hilton Cubitt está sob suspeita do assassinato do marido e que foi apenas minha presença aqui e o conhecimento que, por acaso, eu possuía, que a salvou da acusação? O mínimo que o senhor deve a ela é deixar claro para o mundo que a Senhora Hilton Cubitt não foi, de forma alguma, direta ou indiretamente, responsável pelo fim trágico do esposo.

— Não peço nada além disso — disse o americano. — Acho que a minha melhor defesa é a verdade nua e crua.

— É meu dever avisá-lo de que isso será usado contra o senhor — exclamou o inspetor, com a magnífica lisura da lei britânica.

Slaney deu de ombros.

— Vou arriscar — falou ele. — Em primeiro lugar, quero que os cavalheiros entendam que conheço essa senhora desde que ela era criança. Éramos sete em uma gangue em Chicago, e o pai de Elsie era o chefe. O velho Patrick era um homem inteligente. Foi ele quem inventou aquela escrita, que passaria por garranchos de criança a menos que, por acaso, a pessoa possuísse a chave. Pois bem, Elsie aprendeu alguns de nossos costumes, mas não suportava o negócio e, como tinha um dinheirinho, que ganhou honestamente, fugiu para Londres. Estávamos noivos e ela se casaria comigo, creio eu, se eu tivesse assumido outra profissão, mas ela não queria saber de nada desonesto. Foi só depois de seu casamento com esse inglês que consegui descobrir onde Elsie estava. Escrevi para ela, mas não obtive resposta. Depois disso, vim até aqui e, como as cartas não adiantavam, coloquei minhas mensagens onde ela pudesse lê-las. Pois bem, já estou aqui há um mês. Eu morava em um quarto no porão daquela fazenda, e podia entrar e sair todas as noites sem ninguém saber. Tentei tudo o que foi possível para persuadir Elsie a vir comigo. Eu sabia que ela lia as mensagens, pois uma vez escreveu uma resposta embaixo de uma delas. Então, perdi o controle e comecei a ameaçá-la. Elsie me enviou uma carta implorando para que eu fosse embora, dizendo que ficaria magoada se algum escândalo viesse à tona. Ela disse que desceria quando o marido estivesse dormindo, às três da manhã, e falaria comigo pela janela se, depois, eu fosse embora e a deixasse em paz. Elsie desceu e trouxe dinheiro para tentar me subornar a sumir. Isso me deixou louco, agarrei seu braço e tentei puxá-la pela janela. Naquele momento, o marido entrou correndo com o revólver na mão. Elsie tinha se abaixado no chão e nós ficamos cara a cara. Eu também estava armado e ergui minha arma para assustá-lo e me deixar escapar. O marido atirou e não me acertou. Eu disparei quase no mesmo instante e ele caiu. Atravessei o jardim e, no caminho, ouvi a janela se fechando atrás de mim. Cada palavra é a mais pura verdade, cavalheiros, e eu não ouvi mais nada a respeito disso até que aquele rapaz veio cavalgando com o bilhete que me fez entrar aqui, como um amador, e cair em suas mãos.

Um táxi chegou, enquanto o americano falava com dois policiais uniformizados no veículo. O inspetor Martin se levantou e tocou o ombro do prisioneiro.

— É hora de irmos.

— Posso vê-la primeiro?

— Não, ela não está consciente. Senhor Sherlock Holmes, só espero que, se algum dia eu tiver um caso importante, dê a sorte de tê-lo ao meu lado.

Diante da janela, observamos o táxi ir embora. Quando me virei para trás, meus olhos encontraram a bolinha de papel que o prisioneiro havia jogado na mesa. Era o bilhete com o qual Holmes o enganou.

— Veja se consegue lê-lo, Watson — disse ele, sorrindo.

A mensagem não continha nenhuma palavra, apenas esta pequena linha de dançarinos:

— Se você usar o código que eu expliquei — falou Holmes —, descobrirá que a mensagem significa "venha aqui imediatamente". Estava convencido de que era um convite que Abe Slaney não recusaria, uma vez que ele nunca poderia imaginar que o bilhete viria de qualquer pessoa que não fosse a Senhora Cubitt. E assim, meu caro Watson, transformamos os dançarinos em agentes do bem, quando, frequentemente, eles foram agentes do mal. Acho que cumpri minha promessa de lhe dar algo fora do comum para suas anotações. Nosso trem parte às 15h40 e gostaria que voltássemos para Baker Street a tempo do jantar.

APENAS UMA PALAVRINHA como epílogo: o americano Abe Slaney foi condenado à morte no fim do ano, em Norwich, mas a pena foi comutada por uma sentença de trabalhos forçados na prisão devido aos atenuantes e à certeza de que Hilton Cubitt havia disparado o primeiro tiro. Da parte da Senhora Hilton Cubitt, só ouvi dizer que ela se recuperou totalmente e que permanece viúva, dedicando sua vida a cuidar dos pobres e à administração dos bens do marido.

Edgar Allan Poe

OS ASSASSINATOS NA RUA MORGUE

1892

Que música as sereias cantaram ou que nome Aquiles adotou quando se escondeu entre as mulheres são questões que, embora intrigantes, não estão além de todas as conjecturas.

— Sir Thomas Browne.

As características mentais descritas como analíticas são, em si mesmas, pouco analisáveis. Nós as apreciamos apenas através de seus efeitos, mas o que sabemos a seu respeito, entre outras coisas, é que são sempre uma fonte de prazer para quem as possui em excesso. Da mesma maneira que o halterofilista se alegra com sua capacidade física, deleitando-se com exercícios que impõe a seus músculos, o analista se satisfaz com as atividades morais que *desenvolve*, obtendo prazer até nas ocupações triviais que desafiam seu talento. O analista gosta de enigmas, paradoxos e hieróglifos; ao solucioná-los, exibe um grau de *perspicácia* quase sobrenatural à compreensão humana. Seus resultados, ainda que obtidos através da essência do método, têm, na verdade, todo um aspecto de intuição.

É possível que a faculdade de resolução seja muito fortalecida pelo estudo das ciências matemáticas, em especial daquele ramo elevado chamado de análise, ainda que de maneira injusta, por causa das operações de revisão, como se fosse só isso. No entanto, calcular é diferente de analisar. Um enxadrista, por exemplo, calcula sem analisar. Conclui-se, então, que o xadrez, em seus efeitos sobre o caráter mental, é mal compreendido. Não pretendo escrever um tratado agora, mas simplesmente prefaciar uma narrativa peculiar por meio de observações muito aleatórias; aproveitarei, portanto, a ocasião para afirmar que os poderes superiores da reflexão são exercitados de forma mais assertiva e útil pelo jogo de damas do que pela elaborada frivolidade do xadrez. Neste último, em que as peças têm movimentos diferentes e *bizarros*, com valores diversos e variáveis, a complexidade se confunde (um erro comum) com profundidade. Nesse caso, a *atenção* é o que dá poder ao jogador. Se vacilar um instante, cometerá um descuido que resultará em prejuízo ou derrota. Visto que os movimentos possíveis são numerosos e intrincados, as chances de tais distrações são multiplicadas; nove entre dez casos, vence o jogador mais concentrado, não o mais perspicaz. No jogo de damas, ao contrário, em que os movimentos são *singulares* e de pouca variação, as probabilidades de descuido diminuem e, uma vez que a mera atenção fica comparativamente sem uso, as vantagens obtidas por qualquer jogador advêm da *perspicácia*. Para ser menos abstrato, vamos imaginar um jogo de damas em que as peças são reduzidas a quatro e não se espera nenhum descuido. É óbvio que a vitória pode ser decidida (visto a igualdade de condições entre os jogadores) apenas por algum movimento *recherché*[1], resultado de esforço intelectual. Privado de recursos comuns, o analista se lança no espírito do oponente, identifica-se com ele e, não raro, enxerga de relance os únicos métodos (algumas vezes absurdamente simples) para induzi-lo ao erro ou a fazer um cálculo equivocado.

O jogo de uíste é conhecido, há muito tempo, pela influência sobre o que é denominado poder de cálculo; sabe-se de homens de altíssimo intelecto que obtêm um deleite inexplicável com o uíste, enquanto desprezam o xadrez por sua frivolidade. Sem dúvida, não há nenhum jogo parecido que exija tanta capacidade de análise. O melhor jogador de xadrez da cristandade *pode ser* pouco mais considerado do que o melhor jogador de xadrez; mas proficiência em uíste implica ser bem-sucedido em todas as ações importantes nas quais as mentes se enfrentam. Quando falo "proficiência", quero dizer aquela perfeição que inclui a compreensão de *todas* as fontes possíveis para obter alguma vantagem legítima no jogo. Essas fontes são múltiplas e podem assumir várias formas. Frequentemente habitam os recessos do raciocínio inacessíveis ao entendimento geral. Observar com atenção significa lembrar distintamente; e, assim, o jogador de xadrez concentrado se sairá muito bem no uíste, já que as regras de Hoyle (baseadas no próprio mecanismo do jogo) são suficientemente compreensíveis. Nesse caso, possuir memória retentiva e seguir as regras são consideradas qualidades de um bom jogador. Mas é nas questões além das regras que a habilidade do analista se evidencia. Em silêncio, ele realiza uma série de observações e inferências e seus companheiros talvez façam o mesmo; a diferença no volume de informações obtidas reside mais na qualidade da observação do que na validade da inferência. O conhecimento necessário consiste *no que* deve ser observado. Nosso jogador não se limita de forma alguma; tampouco rejeita deduções externas ao jogo, pois o próprio jogo é o objeto. Ele examina o semblante de seu parceiro de dupla e o compara à expressão de cada um de seus oponentes. Avalia o modo de classificar as cartas em cada mão; frequentemente conta trunfo a trunfo

---

1. "Sofisticado". Em francês no original. (N. do T.)

e honra a honra nos olhares de cada jogador. Observa as variações faciais durante a partida e reúne uma reserva de raciocínio com base nas expressões de certeza, surpresa, triunfo ou de pesar. Pela maneira de ganhar uma vaza, ele avalia se o vencedor é capaz de ganhar outra em seguida. Ele reconhece um blefe pelo ar com que a carta é jogada na mesa. Uma palavra dita de modo casual ou descuidado; a queda ou virada acidentais de uma carta, acompanhadas por uma ocultação ansiosa ou indiferente; a contagem das vazas, na ordem da disposição; constrangimento, hesitação, ansiedade ou apreensão, tudo isso indica, à percepção aparentemente intuitiva do analista, o verdadeiro estado da situação. Depois de jogar as duas ou três primeiras rodadas, ele tem completa noção da mão de cada jogador e, daí em diante, baixa as cartas com uma precisão tão absoluta que o resto do grupo joga como se estivesse com as cartas voltadas para ele.

O poder analítico não deve ser confundido com engenhosidade. Enquanto o analista é necessariamente engenhoso, o homem engenhoso é, muitas vezes, incapaz de realizar uma análise. O poder de construção ou combinação — através do qual a engenhosidade se manifesta e ao qual os frenologistas (creio que erroneamente) atribuíram um órgão separado, supondo que fosse uma qualidade primitiva — tem sido visto com tanta frequência em idiotas que atraiu a atenção de escritores sobre os aspectos morais. Entre a engenhosidade e a capacidade analítica existe uma diferença muito maior, sem a menor dúvida, do que entre a fantasia e a imaginação, mas de caráter estritamente análogo. Veremos, na verdade, que os engenhosos são sempre fantasiosos e os *realmente* imaginativos nunca deixam de ser analíticos.

A narrativa que se segue aparecerá ao leitor um pouco como um comentário sobre as afirmações que acabo de apresentar.

Residindo em Paris durante a primavera e parte do verão de 18—, conheci um tal de Monsieur C. Auguste Dupin. Esse jovem cavalheiro era de uma família excelente — na verdade, de uma família ilustre, mas, por uma variedade de eventos desagradáveis, ele havia sido reduzido a tamanha pobreza que a energia de seu caráter sucumbiu e o jovem parou de encarar o mundo ou cuidar da recuperação de suas fortunas. Por cortesia de seus credores, Dupin ainda possuía um pequeno resquício de patrimônio. Com os rendimentos advindos e por meio de uma economia rigorosa, o rapaz conseguia suprir as necessidades básicas sem se preocupar com supérfluos. Livros, de fato, eram seu único luxo, e facilmente obtidos em Paris.

Nosso primeiro encontro foi em uma biblioteca obscura da Rua Montmartre, onde a busca acidental pelo mesmo volume raro e notável nos trouxe a uma comunhão. Nós nos vimos várias vezes. Fiquei profundamente interessado no pouco da história da família que ele me detalhou com toda a franqueza de um francês, sempre que o assunto é ele mesmo. Fiquei maravilhado, também, com a extensão de suas leituras; e, acima de tudo, senti minha alma inflamar pelo fervor e pela originalidade vigorosa de sua imaginação. Por ter alguns objetivos em Paris na ocasião, considerei que a companhia de um homem como ele seria inestimável e lhe confiei essa sensação com toda a honestidade. Por fim, combinamos que moraríamos juntos durante minha estadia na cidade. Por minhas condições serem menos embaraçosas que as dele, Dupin permitiu que eu pagasse o aluguel e mobiliasse — em um estilo adequado à melancolia fantástica de nosso temperamento — uma mansão grotesca, desgastada pelo tempo, há muito deserta por causa de superstições sobre as quais não perguntamos, caindo aos pedaços em uma parte isolada e decrépita de Faubourg Saint-Germain.

Se nossa rotina nesse lugar fosse conhecida pelo mundo, seríamos considerados loucos — talvez maníacos de natureza inofensiva. Em nossa reclusão perfeita, não recebíamos visitas. Na verdade, a localização de nosso retiro foi cuidadosamente mantida em segredo de meus antigos parceiros e fazia anos que Dupin deixara de andar por Paris ou de ser reconhecido. Existíamos apenas para nós mesmos.

Em um delírio do meu amigo (do que mais devo chamar aquilo?), ele se encontrava apaixonado pela Noite; e a essa *bizarrerie*, como a todas as outras, eu cedi em silêncio; me rendi a seus caprichos mais primitivos com um perfeito *abandon*. A divindade sombria nem sempre morava conosco, mas podíamos fingir sua presença. No raiar do dia, fechávamos as venezianas em frangalhos e acendíamos um par de velas, que, por serem perfumadas, só emitiam uma luz fraca e melancólica. Com a ajuda das chamas, ocupávamos nossas almas com sonhos — lendo, escrevendo ou conversando, até o relógio avisar a chegada da verdadeira escuridão. Então, saíamos às ruas de braços dados, continuando os tópicos do dia ou vagando até tarde, buscando, em meio às luzes e sombras frenéticas da cidade, aquela excitação mental que a observação silenciosa pode proporcionar.

Nessas ocasiões, não pude deixar de observar e de admirar (embora eu já esperasse tal coisa, por conta de sua imaginação fértil) uma habilidade analítica peculiar em Dupin. Ele também parecia se deleitar em exercitá-la — ou talvez em exibi-la — e não hesitava em confessar o prazer ao fazê-lo. Com uma risadinha, Dupin se gabava disso para todos e fazia essas afirmações com provas diretas, muito surpreendentes, de seu conhecimento íntimo a respeito de mim. Nesses momentos, seus modos eram frios e abstraídos; os olhos inexpressivos, enquanto o belo tenor de sua voz atingia um timbre agudo que soaria petulante não fosse a deliberação e a clareza com que era enunciada. Ao observá-lo nesses estados de espírito, muitas vezes eu meditava a respeito da velha filosofia da alma gêmea bipartida e me divertia com a fantasia de haver um duplo Dupin — o criativo e o resolutivo.

Não suponha, pelo que acabei de dizer, que estou detalhando algum mistério ou escrevendo um romance. O que descrevi sobre o francês era apenas o resultado de uma inteligência empolgada ou, talvez, doentia. Mas quanto à natureza de seus comentários nos períodos em questão, um exemplo transmitirá melhor a ideia.

Certa noite, passeávamos por uma rua comprida e suja nas proximidades do Palais Royal. Aparentemente distraídos com nossos próprios pensamentos, fazia pelo menos quinze minutos que não tínhamos falado um só "A". De repente, Dupin irrompeu com esta observação:

— Ele é um sujeito muito baixinho, é verdade, e estaria melhor no *Théâtre des Variétés*.

— Não há dúvida alguma disso — respondi sem notar, a princípio (por estar tão absorto em reflexões), a maneira extraordinária com que meu interlocutor havia interferido em minhas meditações.

Um instante depois, me recompus e meu espanto foi profundo.

— Dupin — disse eu, em tom sério —, isso está além da minha compreensão. Não hesito em dizer que estou pasmo e mal posso confiar em meus sentidos. Como soube que eu estava pensando no...?

Aqui fiz uma pausa, para verificar, sem sombra de dúvida, se ele realmente sabia em quem eu pensava.

— No Chantilly — respondeu o francês. — Por que você fez uma pausa? Você estava comentando para si mesmo que a figura diminuta não era adequada para papéis trágicos.

Era exatamente esse o tema de minhas reflexões. Chantilly tinha sido, *quondam*[2], um sapateiro da Rua Saint-Denis que cismou em se tornar ator. Ele tentou pegar o *rôle*[3] de Xerxes, na tragédia homônima de Crébillon, e foi ridicularizado em cartazes públicos pelos esforços.

— Conte para mim, pelo amor de Deus! — exclamei. — Qual é o método, se é que existe um, pelo qual você conseguiu sondar minha alma sobre esse assunto?

Na verdade, eu estava mais pasmo do que me dispus a expressar.

— Foi o vendedor de frutas que o levou à conclusão de que o remendador de solas não tinha a altura suficiente para viver Xerxes *et id genus omne*[4] — respondeu meu amigo.

---

2. "Antigamente". Em latim no original. (N. do T.)

3. "Papel em uma peça de teatro". Em francês no original. (N. do T.)

4. "E todos desse tipo". Em latim no original. (N. do T.)

— O vendedor de frutas! Você me deixa perplexo. Não conheço nenhum vendedor de frutas.

— O homem que esbarrou em você quando entramos na rua uns quinze minutos atrás.

Então, lembrei que, de fato, um vendedor de frutas, levando uma grande cesta de maçãs na cabeça, quase me derrubou por acidente quando saímos da Rua C—, mas não conseguia entender o que isso tinha a ver com Chantilly.

Não havia um pingo de *charlatanerie*[5] em Dupin.

— Deixe-me explicar — disse ele. — Para que você possa compreender claramente, primeiro vamos refazer o caminho de suas meditações, desde o momento em que eu falei com você até aquele do *rencontre*[6] com o vendedor de frutas em questão. Os elos mais importantes da corrente são: Chantilly, Órion, Doutor Nichols, Epicuro, estereotomia, os paralelepípedos da rua, o vendedor de frutas.

Existem poucas pessoas que não se divertiram, em algum período da vida, ao refazer os passos pelos quais se chegam a certas conclusões. Geralmente, a tarefa é interessante e quem tenta realizá-la pela primeira vez fica espantado com a distância e a incoerência aparentemente ilimitadas entre o ponto de partida e a meta. Qual, então, não deve ter sido meu espanto quando ouvi o que o francês acabara de dizer e constatei que ele estava certo. Dupin continuou:

— Se bem me lembro, estávamos conversando sobre cavalos pouco antes de sairmos da Rua C——. Este foi o último assunto que discutimos. Ao entrarmos nessa rua aqui, um vendedor de frutas, com uma cesta grande sobre a cabeça, passou rapidamente por nós e o empurrou sobre uma pilha de paralelepípedos onde a alameda está sendo reformada. Você pisou em um dos fragmentos soltos, escorregou, torceu levemente o tornozelo, ficou irritado ou mal-humorado, murmurou algumas palavras, se virou para olhar a pilha e, em seguida, voltou a andar em silêncio. Não prestei muita atenção ao que você fez, mas a observação tornou-se para mim, ultimamente, uma espécie de necessidade.

"Você manteve os olhos no chão, com uma expressão petulante para os buracos na calçada (então, vi que você ainda pensava nos paralelepípedos), até chegarmos ao beco chamado Lamartine, que tinha sido pavimentado com blocos sobrepostos e rebitados uns nos outros. Seu semblante se iluminou e, ao perceber que seus lábios se mexiam, não tive dúvidas de que você murmurou a palavra 'estereotomia', um termo

---

5. "Charlatanice". Em francês no original. (N. do T.)
6. "Encontro". Em francês no original. (N. do T.)

aplicado de maneira muito afetiva a esse tipo de pavimento. Eu sabia que você não seria capaz de dizer 'estereotomia' para si mesmo sem ser levado a pensar em 'atomia' e, portanto, nas teorias de Epicuro[7]. Quando discutimos esse assunto pouco tempo atrás, mencionei como as suposições do grego foram confirmadas na cosmogonia recente. Ainda que tenha recebido pouca atenção, achei que você não conseguiria evitar olhar para cima, para a nebulosa de Órion, e esperei que fizesse isso. De fato, você ergueu os olhos e então tive certeza de que havia seguido corretamente seus passos. Mas naquela *tirade*[8] amarga a respeito de Chantilly que apareceu no '*Musée*' de ontem, o satirista, fazendo algumas alusões à mudança de nome do sapateiro ao assumir as sandálias de Xerxes, citou uma frase em latim a respeito da qual conversamos com frequência, o trecho: '*Perdidit antiquum litera sonum*'[9].

"Eu disse que era uma referência a Órion, antigamente grafado como Úrion; e, por questões relacionadas a essa explicação, sabia que você não poderia ter esquecido. Estava claro, portanto, que você não deixaria de combinar as duas ideias de Órion e de Chantilly. Confirmei que as combinou quando vi seu sorriso, pensando na imolação do pobre sapateiro. Até aquele momento, você andava curvado; depois, o vi se empertigar e, então, tive certeza de que você refletiu sobre o anão Chantilly. Nesse ponto, interrompi suas meditações para comentar que Chantilly era baixinho e se sairia melhor no *Théâtre des Variétés*."

Pouco depois, estávamos passando os olhos na edição noturna da *Gazette des Tribunaux* e estes parágrafos chamaram a nossa atenção:

Assassinatos extraordinários

Na madrugada de hoje, por volta das três horas, os habitantes do Quartier Saint Roch foram acordados com uma sucessão de gritos aparentemente vindos do quarto andar de uma casa na Rua Morgue, cujas moradoras são Madame L'Espanaye e sua filha Mademoiselle Camille L'Espanaye. Depois de algum tempo, devido à tentativa infrutífera de entrar na casa de maneira convencional, o portão foi arrombado com um pé de cabra e oito ou dez dos vizinhos entraram acompanhados por dois

---

7. A atomia, ou melhor, o atomismo, prega que toda a matéria é formada por átomos. Essa foi uma doutrina elaborada pelos pensadores gregos Leucipo e Demócrito, e não por Epicuro. (N. do T.)

8. "Discurso". Em francês no original. (N. do T.)

9. "A palavra antiga perdeu a primeira letra". Em latim no original. (N. do T.)

gendarmes[10]. A essa altura, os gritos haviam cessado; mas, à medida que o grupo corria pelo primeiro lanço de escadas, duas ou mais vozes discutiam furiosamente e foram ouvidas no que parecia o andar superior. No segundo patamar, esses sons também cessaram e tudo permaneceu em silêncio. O grupo se espalhou e percorreu os cômodos. Ao chegarem ao aposento nos fundos do quarto andar — cuja porta trancada por dentro estava arrombada —, viram um espetáculo que os afetou com horror e surpresa na mesma medida.

O apartamento estava mergulhado no caos — a mobília estava jogada por toda parte. Retiraram o estrado da cama e esta também estava jogada no meio do cômodo. Em uma cadeira, uma navalha ensanguentada. Na lareira, duas ou três mechas compridas de cabelos grisalhos, igualmente sujas de sangue, arrancadas pela raiz. No chão, encontraram quatro napoleões[11], um brinco de topázio, três colheres grandes de prata, três menores de *métal d'Alger*[12] e duas bolsas com quase quatro mil francos em ouro. As gavetas de um *bureau*[13], no canto, estavam abertas, aparentemente saqueadas, embora muitos itens ainda estivessem ali. Um pequeno cofre de ferro foi encontrado embaixo do colchão, não do estrado da cama. Estava aberto, a chave ainda na porta. Não havia nada dentro além de cartas antigas e papéis sem importância.

De Madame L'Espanaye não foi visto nenhum vestígio; mas, como notaram uma quantidade incomum de fuligem na lareira, fizeram uma busca na chaminé e arrancaram de lá o cadáver da filha, de cabeça para baixo; ela tinha sido enfiada no vão estreito, a uma distância considerável. O corpo estava muito quente e, ao examiná-lo, notaram escoriações resultantes da violência com que empurraram o cadáver chaminé acima. No rosto, havia muitos arranhões, a garganta coberta de hematomas e sulcos causados por unhas, como se a falecida tivesse morrido estrangulada.

Depois de uma investigação minuciosa em cada canto da casa, o grupo foi ao pátio pavimentado nos fundos do prédio, onde jazia o cadáver da velha senhora. A garganta fora cortada com tanta violência que, ao tentarem levantá-la, a cabeça caiu. O corpo, assim como a cabeça, terrivelmente mutilados — o primeiro a ponto de mal se assemelhar a um ser humano.

Para este mistério horrível ainda não existe a menor pista.

---

10. "Policiais." Em francês no original (N. do T.)

11. Moeda francesa de prata com a efígie de Napoleão Bonaparte, no valor de cinco francos. (N. do T.)

12. Metal branco ou alpaca, uma liga de cobre, zinco, níquel e prata usada na fabricação de talheres. (N. do T.)

13. "Escrivaninha". Em francês no original. (N. do T.)

O jornal do dia seguinte continha os seguintes detalhes adicionais:

A tragédia na Rua Morgue

Muitos indivíduos foram interrogados sobre o assustador caso (a palavra *'affaire'* ainda não tem, na França, o tom de leveza que *"affair"* transmite para nós), mas nada foi esclarecido. Apresentamos, a seguir, todos os testemunhos obtidos.

Pauline Dubourg, lavadeira, depõe que conhece as falecidas há três anos, tendo trabalhado para ambas nesse período. A velha senhora e a filha pareciam se dar bem; eram afetuosas uma com a outra e pagavam muito bem. A lavadeira não soube informar como viviam nem como se sustentavam. Acredita que Madame L. ganhava a vida lendo o futuro das pessoas. Dizia-se que tinha dinheiro guardado. Nunca encontrou ninguém na casa quando chegava para recolher ou devolver as roupas. Tinha certeza de que não possuíam nenhum criado. Parecia não haver móveis em nenhuma parte do prédio, exceto no quarto andar.

Pierre Moreau, tabaqueiro, alega que vendia tabaco e rapé para Madame L'Espanaye há quase quatro anos. Nasceu e sempre residiu no bairro. Há mais de seis anos, a falecida e sua filha ocupavam a casa onde os cadáveres foram encontrados. Antigamente, a casa fora ocupada por um joalheiro, que sublocava os quartos superiores. A propriedade pertencia à Madame L. Insatisfeita com o abuso do inquilino, ela mudou-se para lá, recusando-se a alugar qualquer cômodo. A velha era infantil. A testemunha viu a filha algumas vezes durante aqueles seis anos. As duas levavam uma vida reclusa e dizia-se que eram ricas. Os vizinhos diziam que Madame L. lia o futuro das pessoas, mas ele não acreditava nisso. Nunca tinha visto alguém entrar pela porta, exceto a velha com a filha, um entregador, uma ou duas vezes, e um médico umas oito ou dez vezes.

Outros vizinhos deram depoimentos semelhantes, sem citar nenhum outro frequentador da casa. Não se sabia se Madame L. e a filha tinham parentes. As venezianas das janelas frontais jamais se abriam. As da parte de trás permaneciam fechadas, com exceção da do salão no quarto andar. Era uma boa casa, não muito velha.

Isidore Muset, *gendarme*, disse que foi chamado a casa por volta das três da madrugada e encontrou cerca de vinte ou trinta pessoas tentando entrar pelo portão. Por fim, forçou a abertura com uma baioneta — não com um pé de cabra. Teve pouca dificuldade em abri-lo, porque não estava trancado nem embaixo nem em cima. Os gritos continuaram até o portão ser arrombado e, então, cessaram repentinamente. Pareciam gritos de alguma pessoa (ou de algumas pessoas) em agonia. Eram altos e longos, não baixos e rápidos. A testemunha subiu a escada e, ao chegar ao primeiro andar, ouviu duas vozes furiosas discutindo. Uma delas era rouca e a outra, muito aguda — uma voz estranha. Conseguiu distinguir algumas palavras da primeira pessoa, era um francês. Tinha certeza de que não era voz de mulher. Entendeu as palavras *"sacré"* e *"diable"*[14]. O timbre estridente era de um estrangeiro. Não sabia se de homem ou mulher. Não entendeu o que foi dito, mas acreditava que o idioma fosse espanhol. O estado da sala e dos corpos foi descrito pela testemunha como os descrevemos ontem.

Henri Duval, um vizinho e prateiro de ofício, foi um dos primeiros a entrar na casa. Corrobora o testemunho de Muset em geral. Assim que arrombaram o portão, ele foi fechado novamente para afastar a multidão, que se aglomerava rapidamente, apesar de ser muito tarde. A voz estridente, segundo a testemunha, era de um italiano. Estava certo de que não era francês. Não tinha certeza da masculinidade na voz. Poderia ser uma mulher. Não sabe italiano. Não conseguiu distinguir as palavras, mas se convenceu, pela entonação, de que o interlocutor era italiano. Conhecia Madame L. e sua filha. Conversava com ambas com frequência. Tinha certeza de que a voz estridente não pertencia a nenhuma das falecidas.

Odenheimer, restaurateur[15]. Apresentou-se voluntariamente para depôr. Por ser natural de Amsterdã e não falar francês, foi interrogado por um intérprete. Passava pela casa na hora dos gritos, que duraram vários minutos — provavelmente dez. Foram longos e altos — muito horríveis e angustiantes. É um dos que entrou no prédio. Corroborou todas as provas anteriores, exceto uma: a certeza de que a voz estridente era de um francês. Não soube distinguir as palavras, mas foram altas e rápidas — desiguais —, ditas tanto com medo quanto com raiva. A voz era mais ríspida do que estridente. A voz rouca dizia sem parar *"sacré"* e *"diable"* e uma vez *"mon Dieu"*[16].

Jules Mignaud, banqueiro, Mignaud & Filhos, Rua Deloraine. O pai da família Mignaud. Madame L'Espanaye tinha algumas propriedades e abriu uma conta no banco da testemunha na primavera, oito anos antes. Frequentemente, depositava pequenas quantias, mas nunca retirou dinheiro até três dias

---

14. "Sacré", além de sagrado, costuma ser usado como interjeição para "maldito" ou "maldita". E "diable" é diabo. Em francês no original. (N. do T.)

15. "Restaurador". Em francês no original. (N. do T.)

16. "Meu Deus". Em francês no original. (N. do T.)

antes de sua morte, quando sacou 4.000 francos. A quantia foi paga em ouro, e um bancário a acompanhou até sua casa.

Adolphe Le Bon, bancário do Mignaud & Filhos, depõe que, no dia em questão, por volta do meio-dia, acompanhou Madame L'Espanaye à residência com os 4.000 francos em duas malas. Ao abrir a porta, Mademoiselle L. apareceu e pegou uma das malas, enquanto a velha pegou a outra. Então, ele fez uma mesura e partiu. Não viu ninguém naquela rua secundária e isolada.

William Bird, alfaiate, afirma que entrou na casa. Inglês, mora em Paris há dois anos. Foi um dos primeiros a subir as escadas e ouvir a discussão. A voz rouca era de um francês. Entendeu várias palavras, mas não consegue se lembrar de todas. Ouviu distintamente *"sacré"* e *"mon Dieu"*, e um som de várias pessoas lutando — ruídos de confusão e briga. A voz estridente era alta — mais alta do que a rouca. Tem certeza de que não era a voz de um inglês. Parecia de um alemão. Poderia ter sido a voz de uma mulher. Não entende alemão.

Ao serem convocadas novamente, quatro das testemunhas já citadas afirmaram que a porta do aposento onde encontraram o corpo de Mademoiselle L. estava trancada por dentro quando o grupo chegou. Um completo silêncio, sem gemidos ou ruídos de qualquer natureza. Ao arrombarem a porta, não viram ninguém. As janelas dos fundos e da frente estavam trancadas por dentro. Uma porta entre os dois quartos estava fechada, mas não trancada. A porta da sala que dava para o corredor estava trancada por dentro. No pequeno cômodo da frente, no quarto andar, no início do corredor, encontraram a porta entreaberta. Esse aposento estava abarrotado de camas velhas, caixas e coisas desse tipo, e tudo foi cuidadosamente removido e revistado. Não houve um único centímetro da casa que não tivesse sido revirado e revistado. Enfiaram escovões nas chaminés acima e abaixo. A casa tinha quatro andares e sótãos (*mansardes*). Um alçapão no telhado foi pregado de maneira muito segura e parecia fechado há anos. O tempo entre a audição das vozes discutindo e o arrombamento da porta foi declarado de diversas maneiras pelas testemunhas. Para algumas, durou apenas três minutos; para outras, cinco. A porta foi aberta com dificuldade.

Alfonzo Garcio, agente funerário natural da Espanha e residente da Rua Morgue, depõe que integrou o grupo que entrou na casa, mas não subiu as escadas. Está nervoso e apreensivo com as consequências da agitação. Ouviu as vozes discutindo e afirmou que a rouca pertencia a um francês, embora não tivesse entendido o que dissera. A voz estridente era de um inglês — tem certeza disso. Não compreende inglês, mas julga pela entonação.

Alberto Montani, confeiteiro italiano, depôs que foi um dos primeiros a subir a escada e a ouvir a discussão. A voz rouca era de um francês, distinguiu várias palavras. O interlocutor parecia reclamar, mas não o entendeu, pois, com aquela voz estridente, falava de maneira rápida e irregular. Acha que é a voz de um russo, mas jamais conversou com alguém dessa nação.

Na reconvocação, várias testemunhas confirmaram que as chaminés do quarto andar eram estreitas demais para um ser humano passar por elas. Por "escovões" entendem-se escovas cilíndricas, como as utilizadas por limpadores de chaminés. Esses escovões foram passados por dentro de cada chaminé do prédio. Não há passagem nos fundos por onde alguém pudesse descer enquanto o grupo subia as escadas. O corpo de Mademoiselle L'Espanaye estava enfiado com tanta firmeza na chaminé que só conseguiram retirá-lo unindo as forças de quatro ou cinco pessoas.

Paul Dumas, médico, foi chamado para examinar os corpos ao amanhecer. Ambos se encontravam deitados sobre o estrado da cama, no cômodo onde acharam Mademoiselle L. O cadáver da jovem estava muito machucado e escoriado. O fato de ter sido enfiado chaminé acima explicava essa aparência. A garganta esfolada, arranhões profundos abaixo do queixo e, junto deles, marcas lívidas de dedos. O rosto pálido e apavorado projetava os olhos. Metade da língua fora mordida e um grande hematoma foi descoberto na boca do estômago, aparentemente produzido pela pressão de um joelho. Na opinião de Monsieur Dumas, Mademoiselle L'Espanaye tinha sido estrangulada até a morte por uma ou mais pessoas. No cadáver horrivelmente mutilado, quebraram todos os ossos da perna e do braço direitos. A tíbia esquerda foi partida em vários pontos, assim como as costelas do mesmo lado. Não foi possível dizer como os ferimentos foram infligidos. Um porrete de madeira, uma barra de ferro, uma cadeira — qualquer arma grande, pesada e contundente faria o mesmo estrago se empunhada pelas mãos de um homem muito forte. Mulher alguma poderia ter infligido aqueles golpes, não importava qual arma usasse. A cabeça da falecida, quando vista pela testemunha, estava separada do corpo e também muito despedaçada. A garganta foi cortada com algum instrumento afiado — provavelmente, com uma navalha.

Alexandre Etienne, cirurgião, foi chamado com Monsieur Dumas para examinar os corpos. Corroborou o testemunho e as opiniões de Monsieur Dumas.

Nada mais importante foi extraído, apesar do interrogatório de outras pessoas. Um assassinato tão misterioso e desconcertante jamais ocorrera em Paris — se é que realmente foi um assassinato. A polícia está confusa — ocorrência incomum em casos dessa natureza. Não há, no entanto, nenhuma pista aparente.

A edição vespertina do jornal afirmava que o agito continuava no Quartier Saint Roch. O imóvel havia sido revistado outra vez e novas testemunhas foram interrogadas, tudo em vão. Um pós-escrito, entretanto, mencionava que Adolphe Le Bon havia sido preso, mesmo que nada parecesse incriminá-lo, além dos fatos já detalhados.

Dupin parecia interessado nesse caso, pelo menos foi o que deduzi de seu comportamento, pois não houve comentário. Somente depois da prisão de Le Bon é que perguntou minha opinião a respeito dos assassinatos. Só consegui concordar com Paris inteira ao considerá-los um mistério insolúvel. Não via a possibilidade de identificar o assassino.

— Não devemos julgar os métodos partindo dessa investigação superficial — disse Dupin. — A polícia parisiense, tão exaltada pela perspicácia, é astuta, porém nada além disso. Não há método em seus procedimentos. Ela exibe um grande número de medidas, mas, não raro, são tão inapropriadas que nos fazem lembrar do pedido de Monsieur Jourdain por seu roupão *pour mieux entendre la musique*[17]. Os resultados da polícia parisiense são geralmente surpreendentes, mas, na maioria das vezes, obtidos através de simples diligência e atividade. Quando essas qualidades são infrutíferas, seus esquemas falham. Vidocq[18], por exemplo, era um conjecturador perseverante, mas não se baseava em fatos ou informações e errava continuamente por causa da intensidade de suas investigações. Vidocq prejudicava a visão por segurar o objeto muito perto. Talvez enxergasse um ou dois pontos com nitidez fora do normal, mas acabava não enxergando o caso como um todo. Portanto, existe o problema do excesso de profundidade. A verdade nem sempre está dentro do poço. Em relação ao mais importante, creio que ela seja invariavelmente superficial. A profundidade encontra-se nos vales, não nos topos das montanhas. Os métodos desse tipo de erro são bem exemplificados pela contemplação dos corpos celestes. Olhar para uma estrela de relance, vê-la de esguelha, pelas laterais da retina (mais suscetíveis a impressões de luz do que o centro), é obter a melhor apreciação de seu brilho — um brilho que diminui na proporção em que voltamos nossa visão para a totalidade da estrela. Neste último caso, um número maior de raios incide sobre o olho, mas, no primeiro, existe uma capacidade de compreensão refinada. Através da profundidade indevida, nos confundimos e enfraquecemos o pensamento; é possível fazer até a própria Vênus desaparecer do firmamento com um escrutínio muito longo, muito concentrado ou muito direto.

---

17. Frase dita pelo protagonista da peça "O burguês fidalgo", de Molière. Nela, o personagem Senhor Jourdain pede seu roupão "para ouvir melhor a música". (N. do T.)

18. Eugène-François Vidocq (1775-1857) foi um ex-criminoso que chegou a ser chefe de polícia na França e diretor do que é considerada a primeira agência de detetives particulares do mundo. Inspirou Victor Hugo, Edgar Allan Poe e Honoré de Balzac. (N. do T.)

"Quanto a esses assassinatos, vamos analisá-los por conta própria antes de formarmos uma opinião a respeito. Um inquérito vai nos proporcionar diversão [achei este um termo estranho, aplicado desta forma, mas não falei nada] e, além disso, Le Bon uma vez me prestou um serviço pelo qual sou grato. Vamos ver a casa com os nossos próprios olhos. Eu conheço G——, o chefe de polícia, e não terei dificuldade em obter permissão."

Com a permissão obtida, seguimos à Rua Morgue, uma daquelas ruas miseráveis entre a Rua Richelieu e a Rua Saint Roch. Chegamos lá no fim de tarde, pois o bairro é muito distante do nosso. Foi fácil encontrar a casa, visto que ainda havia olhares curiosos no outro lado da rua espiando as venezianas fechadas no alto. Era uma casa parisiense comum, com um portão e guarita envidraçada na lateral, onde um painel deslizante na janela indicava um *loge de concierge*[19]. Antes de entrar, subimos a rua, viramos em um beco e, em seguida, após virar novamente, passamos pelos fundos do prédio — enquanto isso, Dupin examinava a vizinhança e a casa com uma atenção minuciosa.

Refazendo nossos passos, voltamos a casa, tocamos a campainha e tivemos a entrada liberada pelos agentes, que pediram nossas credenciais. Subimos as escadas até onde os corpos de Madame L'Espanaye e sua filha foram encontrados. A desordem permanecia no aposento e não vi nada além do que foi publicado na *Gazette des Tribunaux*. Dupin examinou tudo, inclusive os cadáveres. Fomos, então, aos outros cômodos e ao quintal, acompanhados por um *gendarme* o tempo todo. A investigação nos ocupou até o anoitecer, quando fomos embora. No caminho para casa, meu companheiro entrou, por um momento, na redação de um dos jornais diários.

Eu disse que os impulsos do meu amigo eram múltiplos e que *je les ménageais* (não há equivalente em inglês para esta frase)[20]. Agora, Dupin havia cismado na recusa de conversar sobre os assassinatos até próximo ao meio-dia seguinte, quando me perguntou, de repente, se eu havia observado alguma coisa *peculiar* na cena das atrocidades.

Havia alguma coisa no tom de Dupin ao enfatizar a palavra "peculiar" que me fez estremecer sem saber o motivo.

— Não, nada *peculiar* — respondi. — Nada mais, pelo menos, do que lemos no jornal.

---

19. "Portaria". Em francês no original. (N. do T.)

20. *Je les ménageais* significa "Eu os administrava", ou seja, ele tolerava e se adaptava aos impulsos de Dupin. (N. do T.)

— A *Gazette* — falou ele — não penetrou, infelizmente, no horror insólito do caso. Mas descartemos as opiniões inúteis desse periódico. Ao que me parece, esse mistério é considerado insolúvel pela mesma razão que deveria ser considerado de fácil solução; quero dizer, pelo caráter *outré*[21] de seus traços. A polícia está confusa com a suposta ausência de motivo, não com o assassinato em si, mas sim com a atrocidade do crime. Também está intrigada com a impossibilidade de conciliar as vozes ouvidas nos depoimentos com o fato de que ninguém foi descoberto escada acima, exceto a vítima Mademoiselle L'Espanaye, e que não havia meios de sair sem ser notado pelo grupo que subia as escadas. A desordem do cômodo; o cadáver enfiado na chaminé com a cabeça para baixo; a mutilação apavorante do corpo da velha; essas considerações, juntamente com as que acabamos de enumerar, e com outras que não preciso mencionar, bastaram para paralisar os poderes do governo, colocando em cheque sua alardeada *perspicácia*. Caíram no erro grosseiro, porém comum, de confundir o insólito com o obscuro. Mas é por meio desses desvios do ordinário que a razão tateia, se é que o faz, na busca pela verdade. Em investigações como a que estamos realizando agora, não se deve perguntar tanto "o que aconteceu", mas sim "o que aconteceu que nunca tenha acontecido antes". Na verdade, a facilidade com a qual chegarei, ou cheguei, à solução deste mistério, está em proporção direta com sua insolubilidade aos olhos da polícia.

Eu o encarei mudo de espanto.

— Agora estou esperando — continuou Dupin, olhando para a porta de nosso apartamento — uma pessoa que, embora talvez não seja o autor dessa carnificina, se envolveu de alguma forma em sua autoria. Da pior parte dos crimes cometidos, é provável que ele seja inocente. Espero estar certo ao supor isso, pois minha expectativa em resolver o enigma é baseada nessa suposição. Aguardo a chegada do homem aqui, nesta sala, a qualquer momento. Ele pode não vir, mas é bem provável que venha. E se ele vier, será necessário detê-lo. Tenho armas aqui e sabemos usá-las quando a ocasião exige.

Peguei as pistolas sem saber o que fazia ou acreditando no que ouvi, enquanto Dupin prosseguia, quase como em um solilóquio. Já comentei a respeito de seu comportamento abstrato em ocasiões desse tipo. Seu discurso era dirigido a mim, mas a voz, embora não se elevasse, tinha aquela entonação usada para falar com alguém distante. A expressão vazia nos olhos contemplava apenas a parede.

---

21. "Estranho", "incomum", "chocante". Em francês no original. (N. do T.)

— Que as vozes na discussão — disse ele —, ouvidas pelo grupo na escada, não eram as da vítima, foi provado pelas evidências. Isso nos livra da hipótese de a velha ter assassinado a filha e depois, ter cometido suicídio. Cito esse ponto principalmente em nome do método, pois Madame L'Espanaye não teria força suficiente para enfiar o cadáver da filha na chaminé. A natureza das feridas na própria mãe exclui a ideia de autodestruição. O assassinato, então, foi cometido por terceiros, e as vozes desses terceiros foram as ouvidas na discussão. Permita-me, agora, chamar a sua atenção para o que foi *peculiar* em todo o testemunho. Você observou alguma coisa peculiar sobre ele?

Comentei que, embora as testemunhas concordassem em supor que a voz rouca fosse de um francês, havia discordância a respeito da voz estridente ou, como um indivíduo a chamou, da voz ríspida.

— Essa foi a prova em si — falou Dupin —, mas não foi a peculiaridade da prova. Você não observou nada distinto. No entanto, *havia* alguma coisa a ser observada. As testemunhas, como você disse, concordaram quanto à voz rouca; aqui elas foram unânimes. Mas, em relação à voz estridente, a peculiaridade não é a discordância, e sim que, quando um italiano, um inglês, um espanhol, um holandês e um francês tentaram descrevê-la, cada um falou como se a voz fosse de um *estrangeiro*. Cada testemunha tem certeza de que não era a de um conterrâneo. Compararam a voz não com a de um indivíduo de um idioma que conheçam, mas o contrário. O francês supõe que a voz fosse de um espanhol e "poderia ter distinguido algumas palavras *se ele tivesse contato com os espanhóis*". O holandês sustenta ter sido a voz de um francês, mas lemos na declaração que ele "*foi interrogado por um intérprete por não falar francês*". O inglês acha que é a voz de um alemão e "*não sabe alemão*". O espanhol 'tem certeza' que era a voz de um inglês, mas "julga pela entonação", visto que "*não compreende o idioma inglês*". O italiano acredita que seja a voz de um russo, mas nunca conversou com alguém natural da Rússia. Além disso, um segundo francês difere do primeiro, com certeza de que a voz era de um italiano, mas, por não saber esse idioma, foi "convencido pela entonação", como o espanhol. Agora, como aquela voz *deve* ter sido estranhamente insólita para ter causado um testemunho assim! Uma voz cujos *tons* os habitantes de cinco países da Europa não foram capazes de reconhecer! Você dirá que pode ter sido a voz de um asiático, de um africano. Não há tantos asiáticos e africanos assim em Paris. Mas, sem negar a inferência, eu chamarei a sua atenção para três pontos. A voz é denominada por uma testemunha "muito mais ríspida do que estridente". Duas outras a descrevem como "rápida e *desigual*". Nenhuma palavra ou nenhum som semelhante a palavras foi distinguido por qualquer testemunha.

"Não sei" — continuou Dupin — "que impressão posso ter causado até agora, mas não hesito em dizer que as deduções legítimas dessa parte do testemunho — a parte que diz respeito às vozes roucas e estridentes — são, por si só, suficientes para provocar suspeitas que vão orientar todos os avanços na investigação. Falei 'deduções legítimas', mas o significado do que eu quis dizer não está totalmente expresso. Eu quis sugerir que as deduções são as *únicas* adequadas e que a suspeita surge delas como o único resultado. Não direi ainda qual suspeita, no entanto. Apenas tenha em mente que, quanto a mim, a suspeita foi forte o suficiente para dar forma às minhas investigações no aposento.

"Vamos, agora, transportar nossa imaginação para esse aposento. O que devemos procurar primeiro? Os meios de fuga para os assassinos. Vale dizer que nenhum de nós acredita em eventos sobrenaturais. Madame e Mademoiselle L'Espanaye não foram mortas por espíritos. Os autores do ato eram feitos de matéria e escaparam materialmente. Então, como aconteceu? Só existe um modo de raciocinar a respeito dessa questão e esse modo *tem* que nos levar a uma decisão definitiva. Examinemos, um por um, os possíveis meios de saída. Está claro que os assassinos estavam no cômodo onde Mademoiselle L'Espanaye foi encontrada, ou pelo menos no aposento ao lado, quando o grupo subiu as escadas. Portanto, devemos buscar por saídas apenas nesses dois cômodos. A polícia arrancou as tábuas do chão, do teto, a alvenaria das paredes. Nenhuma saída *secreta* poderia ter escapado da vigilância dos agentes. Mas, sem confiar nos olhos *deles*, examinei o aposento com os meus. Não havia, então, saídas secretas. As duas portas que davam dos quartos para o corredor estavam trancadas com as chaves dentro. Vamos voltar para as chaminés. Estas, embora apresentem uma altura normal de mais ou menos 2,5 a 3 metros acima das lareiras, não admitem, em toda a extensão, o corpo de um gato grande. Vista a impossibilidade de saída pelos meios enunciados, ficamos reduzidos às janelas. Ninguém poderia ter escapado pelas janelas do aposento da frente sem ter sido notado pela multidão na rua. Os assassinos *devem* ter escapado, então, pelas janelas do cômodo dos fundos. Agora, como fomos levados a essa conclusão de uma maneira tão inequívoca, não cabe a nós, como raciocinadores, rejeitá-la por causa de impossibilidades aparentes. Só nos resta provar que essas 'impossibilidades' aparentes, na verdade, não são impossíveis.

"Há duas janelas no cômodo. Uma está totalmente visível porque não há móveis a obstruindo. A parte inferior da outra fica oculta pela cabeceira da cama, encostada nela. A primeira janela estava trancada por dentro. Resistiu a quem se esforçava para levantá-la. Um buraco grande havia sido perfurado usando uma broca no batente à esquerda e um prego foi batido nele quase até a cabeça. Ao examinar a outra janela, um prego igual estava encaixado de forma semelhante e uma tentativa de erguer esse caixilho também falhou. A polícia estava satisfeita de que a saída não ocorrera nessas direções. E, *portanto*, considerou uma questão supérflua retirar os pregos e abrir as janelas.

"Pelo motivo que acabei de apresentar, minha própria investigação foi um pouco mais específica, porque sabia que impossibilidades aparentes deveriam ser provadas como não sendo impossíveis, na realidade.

"Passei a pensar dessa forma *a posteriori*. Os assassinos escaparam por uma dessas janelas. Assim sendo, não podiam ter trancado os caixilhos por dentro, como foram encontrados; uma consideração que deteve a investigação da polícia neste cômodo. No entanto, os caixilhos *estavam* trancados. Eles *devem ter* a funcionalidade de se trancar por conta própria. Não havia como escapar dessa conclusão. Eu me aproximei da janela desobstruída, retirei o prego com alguma dificuldade e tentei levantar o caixilho. Ele resistiu aos meus esforços, como havia previsto. Então, pensei que deveria existir uma mola oculta. Esta corroboração da minha ideia me convenceu de que minhas premissas, pelo menos, estavam corretas, por mais misteriosas que parecessem as circunstâncias envolvendo os pregos. Uma busca cuidadosa logo revelou a mola oculta. Apertei-a e, satisfeito com a descoberta, evitei levantar o caixilho.

"Recoloquei o prego e observei com atenção. Uma pessoa, ao passar por aquela janela, poderia fechá-la novamente e a mola teria travado; no entanto, o prego não poderia ser recolado. A clara conclusão outra vez limitou minhas investigações. Os assassinos *tinham* que ter escapado pela outra janela. Supondo que as molas de cada caixilho fossem as mesmas, *teria* que haver uma diferença entre os pregos ou pelo menos entre métodos de fixação. No forro da cama, examinei o caixilho da segunda janela por cima da cabeceira. Passando a mão atrás da madeira, descobri e apertei a mola, que era, como havia suposto, idêntica à outra. Então, olhei o prego, tão robusto quanto o outro e, aparentemente, estava encaixado da mesma maneira — cravado quase até a cabeça.

"Você dirá que fiquei intrigado, mas entendeu mal a natureza das induções. Não fui eu que cometi 'a falta'. O rastro nunca foi perdido. Não havia defeito em nenhum elo da corrente. Eu havia rastreado o segredo até o resultado final e esse resultado foi *o prego*. Ele tinha, como eu disse, a mesma aparência, sob todos os aspectos, de seu companheiro na outra janela; mas esse fato era insignificante em consideração de que, nesse ponto, a pista se encerrava. '*Tem* que haver algo errado a respeito do prego', eu disse. Toquei nele e a cabeça, com mais ou menos um centímetro de haste, saiu nos meus dedos. O resto da haste estava na perfuração de broca onde havia se partido. A ferrugem nas bordas indica uma fratura antiga, aparentemente provocada pelo golpe de um martelo que havia embutido parcialmente a cabeça do prego na parte de cima do caixilho inferior. Com cuidado, recoloquei essa cabeça na reentrância e o encaixe pareceu perfeito, a fissura era invisível. Pressionando a mola, levantei o caixilho alguns centímetros; a cabeça subiu com ele, permanecendo firme no espaço que ocupava. Fechei a janela e o prego ficou parecendo perfeito novamente.

"Até aqui, o enigma continuava misterioso. O assassino escapou pela janela acima da cama. A mola desceu automaticamente após a saída do assassino. A retenção dessa mola foi confundida pela polícia com a do prego e, assim, foram descartadas mais investigações.

"A próxima questão envolve o método de descida. Em relação a esse ponto, a nossa caminhada em torno do prédio me satisfez. Há um para-raios a mais ou menos um metro e meio da janela. Através dele, seria impossível para qualquer pessoa alcançá-la e entrar por ela. Entretanto, as venezianas do quarto andar eram de um modelo chamado *ferrades*, que os carpinteiros parisienses raramente usam nos dias de hoje, mas que é visto com frequência em mansões antigas em Lyon e Bordéus. Elas têm a forma de uma porta comum, de folha única, não dobrável, e a metade inferior é trabalhada em treliça aberta, proporcionando um excelente apoio para as mãos. No caso presente, essas venezianas têm quase um metro e meio de largura. Quando vimos a parte de trás da casa, ambas estavam meio abertas, isto é, afastadas da parede em ângulo reto. É provável que a polícia, assim como eu, tenha examinado a parte de trás do imóvel; mas, se for o caso, ao olhar para essas *ferrades* na linha da largura (como devem ter feito), não percebeu essa grande largura em si ou, de qualquer maneira, deixou de levá-la em consideração. Na verdade, uma vez convencida de que não haveria saída possível, a polícia fez um exame superficial no local. Estava claro para mim, no entanto, que a veneziana da janela na cabeceira da cama, se fosse empurrada totalmente para a parede, ficaria a meio metro do para-raios. Também ficou claro que, pelo emprego incomum de atividade física e coragem, a entrada pela janela poderia ser feita pelo para-raios. Ao cruzar uma distância de 75 centímetros (supomos, agora, a veneziana completamente aberta), um ladrão poderia ter agarrado firmemente a treliça. Ao se soltar do para-raios, firmando os pés contra a parede e tomando impulso nela, ele poderia ter saltado e puxado a veneziana para fechá-la e, se imaginarmos a janela aberta naquele momento, conseguiria, até mesmo, entrar no cômodo.

"Espero que você tenha percebido que falei de um grau *incomum* de atividade física como requisito para o sucesso em uma façanha tão perigosa e tão difícil. Minha intenção é mostrar, em primeiro lugar, que o ato poderia ter sido realizado, mas, em segundo lugar, e *principalmente*, quero fazer que compreenda o caráter quase sobrenatural da agilidade que poderia tê-lo realizado.

"Usando a linguagem da lei, você dirá que 'para montar meu caso', eu deveria subestimar em vez de insistir em uma estimativa da atividade para realizar o ato em questão. Essa pode ser a prática da lei, mas não é o uso da razão. Meu objetivo final é apenas a verdade. Meu objetivo imediato é levá-lo a justapor aquela atividade *incomum* àquela voz estridente (ou ríspida), *peculiar e desigual*, cuja nacionalidade não foi possível encontrar concordância nos testemunhos e cuja elocução não revelou nenhuma silabação detectável."

Com essas palavras, uma concepção vaga do que Dupin queria dizer passou em minha mente. Eu parecia à beira da compreensão, mas sem o poder para compreender — os homens, às vezes, se encontram no limite da lembrança sem serem capazes, no fim das contas, de se lembrar. Meu amigo continuou com seu raciocínio.

— Você notará — disse ele — que mudei o método de saída para o método de entrada. Era minha intenção passar a ideia de que ambos foram efetuados da mesma maneira, no mesmo ponto. Voltemos, agora, para o interior do cômodo. Vamos examinar as aparências aqui. As gavetas da cômoda, dizem, haviam sido saqueadas, embora muitos artigos de vestuário ainda permanecessem dentro delas. A conclusão aqui é absurda. É uma mera suposição (muito boba) e nada mais. Como podemos saber se os artigos encontrados nas gavetas não eram todos o que elas originalmente continham? Madame L'Espanaye e sua filha levavam uma vida excessivamente reclusa, não recebiam visitas, raramente saíam, tinham pouco uso para fazerem inúmeras mudanças de vestuário. As peças de roupa encontradas eram de boa qualidade, como qualquer artigo que essas senhoras possuíam. Se o ladrão levou algum artigo de vestuário, por que não pegou o melhor? Por que não levou tudo? Em suma, por que abandonou quatro mil francos em ouro para carregar uma trouxa de roupas de linho? O ouro *foi* abandonado. Quase toda a quantia mencionada por Monsieur Mignaud, o banqueiro, foi descoberta em sacos no chão. Quero, portanto, que você descarte a ideia desastrada de *motivo*, entranhada no cérebro da polícia por aquele trecho da prova que fala de dinheiro entregue na porta de casa. Coincidências dez vezes mais marcantes que esta (a entrega do dinheiro e o homicídio cometido em até três dias após o recebimento) acontecem a todos nós a cada hora da vida, sem chamar a mínima atenção. Coincidências, em geral, são grandes obstáculos no caminho de pensadores que foram educados para não saber nada a respeito de probabilidades — aquela teoria à qual os objetos da pesquisa humana devem o mais glorioso esclarecimento. No presente caso, se o ouro tivesse desaparecido, o fato de ter sido entregue três dias antes teria sido algo mais do que uma coincidência. Teria corroborado essa ideia de haver um motivo. Mas, diante das circunstâncias do caso, se devemos supor que o ouro é o motivo desse ultraje, devemos também imaginar que o autor do crime é um idiota tão vacilante que abandonou o ouro e o motivo.

"Tendo em mente que agora chamei sua atenção — aquela voz peculiar, aquela agilidade insólita e aquela ausência de motivo em um assassinato tão atroz —, vamos olhar a própria carnificina. Aqui está uma mulher estrangulada por força manual e enfiada chaminé acima, de cabeça para baixo. Assassinos comuns não fariam isso, não se livrariam dos corpos dessa forma. Você tem que admitir que houve algo *excessivamente outré*[22] em enfiar o cadáver pela chaminé — algo inconciliável com noções comuns do que é a ação humana, mesmo quando consideramos os autores os mais perversos dos homens. Pense no tamanho da força e da violência para enfiar um cadáver chaminé *acima*! Várias pessoas, juntas, mal conseguiriam puxá-lo para *baixo*!

"Volte-se, agora, para indicações de um vigor maravilhoso. Na lareira, havia tranças grossas — tranças muito grossas — de cabelo humano grisalho. Elas foram arrancadas pela raiz. Você está ciente da força necessária para arrancar da cabeça até mesmo vinte ou trinta fios de cabelo de uma só vez? Você viu as mechas em questão tão bem quanto eu. As raízes estavam coaguladas com fragmentos da carne do couro cabeludo, prova cabal do poder para arrancar talvez meio milhão de fios de uma vez. A garganta da velha não foi apenas cortada; sua cabeça foi separada do corpo com uma mera navalha. Quero que observe, também, a ferocidade *brutal* desses atos. Dos hematomas no corpo de Madame L'Espanaye, não falarei. Monsieur Dumas e seu valoroso assistente Monsieur Etienne declararam que foram infligidos por instrumento contundente e até agora esses senhores estão muito corretos. O instrumento era claramente o pavimento de pedra do quintal, sobre o qual a vítima caíra da janela que dava para a cama. Essa ideia, por mais simples que possa parecer, escapou da polícia pela mesma razão que a largura das venezianas. Porque, dada a questão dos pregos, a percepção dos agentes se fechou à possibilidade de as janelas não terem sido sequer abertas em algum momento.

"Se você refletiu, como convém, a respeito da estranha desordem do cômodo, chegamos ao ponto de combinar as ideias de uma agilidade e força sobre-humanas, uma ferocidade brutal, uma carnificina sem motivo, um horror *grotesco* alheio à humanidade e uma voz de tom estranho aos ouvidos de homens de muitas nacionalidades, desprovida de qualquer silabação inteligível. Qual resultado, então, vem a seguir? Que impressão causei?"

---

22. "Estranho", "incomum", "chocante". Em francês no original. (N. do T.)

Senti um arrepio quando Dupin me fez a pergunta.

— Um louco — falei — cometeu esse ato; algum maníaco furioso que escapou de uma *Maison de Santé*[23].

— Em alguns aspectos — respondeu ele —, sua ideia não é irrelevante. Mas as vozes dos loucos jamais corresponderiam àquela voz peculiar ouvida nas escadas. Os loucos possuem alguma nacionalidade e sua linguagem, por mais incoerente que seja, tem a coerência da silabação. Além disso, não é o cabelo de um louco que tenho na mão. Desemaranhei este pequeno tufo dos dedos rigidamente contraídos da Madame L'Espanaye. Diga-me o que você depreende disso.

— Dupin! — exclamei, completamente assustado. — Esse cabelo é muito incomum... não é um cabelo *humano*.

— Não afirmei que fosse — disse ele. — Mas, antes de decidirmos essa questão, quero que você dê uma olhada no pequeno esboço que tracei neste papel. É um desenho fac-símile do que foi descrito em uma parte do testemunho como "hematomas escuros e marcas profundas causadas por unhas" na garganta da Mademoiselle L'Espanaye, e em outra, por Dumas e Etienne como uma "série de manchas lívidas que eram marcas de dedos".

"Você vai perceber" — continuou meu amigo, abrindo o papel sobre a mesa à nossa frente — "que este desenho dá a ideia de uma pegada firme e fixa. Ela não *desliza*, aparentemente. Cada dedo reteve, possivelmente até a morte da vítima, o aperto com que originalmente se encravou. Tente, agora, colocar todos os seus dedos, ao mesmo tempo, nas respectivas marcas como você as vê."

Fiz a tentativa em vão.

— Possivelmente, não estamos sendo justos no assunto — falou ele. — O papel está aberto sobre uma superfície plana, mas a garganta humana é cilíndrica. Aqui está uma acha de lenha, cuja circunferência é mais ou menos a de uma garganta. Enrole o desenho em volta dela e refaça a experiência.

Eu obedeci, mas a dificuldade foi ainda mais óbvia do que antes.

— Isso não é marca de mão humana — falei.

— Leia, agora, esta passagem de Cuvier[24] — respondeu Dupin.

Tratava-se de um relato anatômico do orangotango das ilhas das Índias Orientais. A estatura gigantesca, a força e a atividade prodigiosas, a ferocidade selvagem

---

23. "Manicômio". Em francês no original. (N. do T.)

24. Georges Cuvier (1769-1832) foi um naturalista e zoologista francês que estabeleceu a anatomia comparada como um método de conhecimento dos seres vivos. (N. do T.)

e as propensões à imitação desses mamíferos são conhecidas por todos. Entendi todos os horrores do assassinato de uma só vez.

— A descrição dos dedos — falei ao terminar a leitura — está exatamente de acordo com este desenho. Vejo que nenhum animal, exceto um orangotango da espécie mencionada, poderia ter feito as marcas que você traçou. Esse tufo de cabelo também é idêntico ao da fera de Cuvier. Mas não consigo compreender as particularidades desse mistério assustador. Além disso, foram ouvidas duas vozes discutindo e uma delas era a de um francês.

— Verdade, e você se lembrará de uma expressão atribuída, quase unânime, a esta voz, pelas evidências: a expressão *"mon Dieu"*. Nessa conjuntura, foi caracterizada pelo confeiteiro Montani, uma das testemunhas, como uma reclamação ou protesto. Com base nessas duas palavras, portanto, construí as esperanças de uma solução para o enigma. Um francês estava ciente do assassinato. É possível — na verdade, é muito mais do que provável — que ele seja inocente das transações sangrentas que ocorreram. O orangotango pode ter escapado dele. O francês pode tê-lo rastreado até o cômodo, mas, sob as circunstâncias, jamais conseguiria capturá-lo novamente. O animal ainda está foragido. Não vou dar vazão a essas suposições, uma vez que as reflexões em que se baseiam mal têm profundidade para meu intelecto apreciá-las, uma vez que não poderei torná-las inteligíveis à compreensão de outra pessoa. Vamos chamá-las de suposições e falar a respeito como tal. Se o francês, como suponho, for inocente dessa atrocidade, esse anúncio que deixei ontem à noite, ao voltar para casa, na redação do *Le Monde* (um jornal dedicado aos assuntos marítimos e muito lido por marinheiros), o trará para nossa residência.

Ele me entregou um jornal e eu li o seguinte:

Capturado

No Bois de Boulogne[25]*, no início da manhã de — (a manhã do assassinato), um orangotango fulvo muito grande da espécie de Bornéu. O proprietário (que foi apurado ser um marinheiro de uma embarcação maltesa) poderá recuperar o animal assim que o identificar de forma satisfatória e pagar algumas taxas decorrentes de sua captura e guarda. Apresente-se à Rua—, número—, Faubourg Saint-Germain, au troisième.*

---

25. O Bois de Boulogne ["Bosque de Bolonha"] é um grande parque público parisiense, de onde o brasileiro Alberto Santos Dumont decolou com o 14-bis em 1906. (N. do T.)

— Como foi possível saber que o homem era marinheiro de um navio maltês? — perguntei.

— Eu *não* sei — respondeu Dupin. — Não tenho *certeza* disso. Aqui, porém, está um pequeno pedaço de fita, que, pela forma e aparência oleosa, foi usada para amarrar o cabelo em uma daquelas tranças de que os marinheiros tanto gostam. Além disso, esse nó é típico da profissão, característico sobretudo dos malteses. Peguei a fita ao pé do para-raios. Não poderia pertencer a nenhuma das falecidas. Agora, se meu raciocínio estiver errado, ainda assim não causei nenhum mal com o anúncio. *Se* eu estiver errado, o homem vai supor que fui enganado por alguma circunstância e não se dará ao trabalho de investigar. Mas, se eu estiver certo, um grande ponto foi ganho. Ciente do assassinato, embora inocente, o francês hesitará em responder ao anúncio. Ele vai raciocinar assim: "eu sou inocente, sou pobre, meu orangotango tem grande valor — para alguém em minhas circunstâncias, vale uma fortuna —, então, por que eu deveria perdê-lo por causa de um receio inútil de perigo? Aqui está ele, ao meu alcance. Foi encontrado no Bois de Boulogne, a uma distância enorme do local daquela carnificina. Como é possível suspeitar que uma fera bruta possa ter cometido o crime? A culpa é da polícia que não conseguiu obter pistas. Se tivesse ao menos rastreado o animal, seria impossível provar que tenho conhecimento do assassinato ou me culpar baseado nisso. Acima de tudo, *sabem da minha existência*. Quem publicou o anúncio me apontou como o proprietário da fera. Não sei dizer até onde vai esse conhecimento. Caso eu não reivindique uma propriedade de valor tão grande, que sabem que possuo, eu tornarei o animal, pelo menos, passível de suspeita. Não é interessante atrair atenção para mim ou para a fera. Vou responder ao anúncio, pegar o orangotango e mantê-lo por perto até que isso seja esquecido".

Nesse momento, ouvimos passos na escada.

— Fique de prontidão com as pistolas — disse Dupin —, mas não use nem mostre as armas até meu sinal.

A porta da frente da casa fora deixada aberta e o visitante havia entrado sem tocar a campainha, avançando degraus acima. Agora, entretanto, ele parecia hesitar. Em pouco tempo, ouvimos o homem descer. Dupin se dirigia rapidamente à porta quando o ouvimos subir outra vez. Ele não recuou e deu um passo decidido, batendo na porta de nosso quarto.

— Entre — falou Dupin, em tom alegre e cordial.

Um homem entrou, um marinheiro, evidentemente. Alto, corpulento, de aparência musculosa, com uma audácia no semblante e não totalmente feio. Mais da metade do rosto queimado de sol se escondia atrás de suíças e bigodão de pontas curvas. Trazia um porrete de carvalho, mas, tirando isso, parecia desarmado. Ele fez uma mesura desajeitada e nos desejou "boa noite" com um sotaque francês que, embora tivesse um toque da cidade de Neufchâtel, ainda indicava origem parisiense.

— Sente-se, meu amigo — disse Dupin. — Suponho que tenha vindo falar sobre o orangotango. Dou-lhe minha palavra que quase o invejo por possuí-lo; um animal belíssimo, sem dúvida, muito valioso. Quantos anos você acha que ele tem?

O marinheiro soltou um suspiro longo, como se estivesse aliviado, livre de um fardo insuportável. Em seguida, respondeu, em tom seguro:

— Não tenho como saber, mas ele não deve ter mais do que quatro ou cinco anos. Você está com o animal aqui?

— Ah, não! Não tínhamos nenhuma instalação para mantê-lo. Está em um estábulo aqui perto, na Rua Dubourg. Você pode pegá-lo de manhã. Imagino que esteja preparado para identificar sua posse?

— Tenha certeza de que estou, senhor.

— Terei pena de me separar dele — falou Dupin.

— Não pretendo que o senhor tenha esse transtorno por nada — disse o homem. —Não esperaria isso. Estou muito disposto a pagar uma recompensa pela descoberta do animal… isto é, qualquer coisa que seja razoável.

— Bem — respondeu meu amigo —, isso é muito justo, com certeza. Deixe-me pensar! O que eu deveria ganhar como recompensa? Ah! Eu vou lhe contar. Minha recompensa será esta: você deve me dar todas as informações em seu poder a respeito desses assassinatos na Rua Morgue.

Dupin disse as últimas palavras em um tom muito baixo e calmo. Com a mesma serenidade, andou em direção à porta, trancou-a e guardou a chave no bolso. Em seguida, sacou uma pistola do peito e a colocou, sem a menor afobação, sobre a mesa.

O rosto do marinheiro ficou vermelho como se estivesse com falta de ar. O homem pôs-se de pé e agarrou o porrete, mas, no momento seguinte, caiu para trás na cadeira, tremendo com a própria morte no semblante. O marinheiro não disse uma palavra. Tive pena dele, do fundo do meu coração.

— Meu amigo — falou Dupin, em um tom amável —, você está se alarmando desnecessariamente. Não lhe queremos mal. Juro pela minha honra que não pretendemos machucá-lo. Sei que você é inocente das atrocidades na Rua Morgue. Não adianta, entretanto, negar que está um pouco envolvido nelas. Pelo que já falei, deve imaginar que tive meios de obter informações sobre esse assunto, meios com os quais você jamais sonharia. Agora, a situação é esta: você não fez nada que pudesse ter evitado; nada que o tornasse culpado. Você nem mesmo roubou, quando poderia. Você não tem nem motivo para esconder nada. Por outro lado, você é obrigado, por todos os princípios da honra, a confessar o que sabe. Um homem inocente está preso neste momento, acusado do crime do qual você pode apontar o autor.

O marinheiro havia recuperado grande parte de sua presença de espírito enquanto Dupin pronunciava essas palavras, mas a ousadia original de sua postura tinha sumido por completo.

— Que Deus me ajude — disse o marinheiro, após uma pausa. — Vou lhe contar tudo o que sei a respeito desse caso, mas não espero que o senhor acredite em metade do que direi... eu seria um tolo se esperasse por isso. Ainda assim, sou inocente e confessarei tudo, mesmo que morra por isso.

O que o marinheiro declarou, em essência, foi o seguinte: ele havia viajado ao arquipélago indiano. Participou de um grupo que desembarcou em Bornéu e se dirigiu ao interior para fazer uma excursão de prazer. Ele e um companheiro capturaram o orangotango. Quando o companheiro morreu, o animal ficou com o marinheiro. Depois de problemas com a instabilidade feroz do animal na jaula durante a viagem de retorno, ele conseguiu hospedá-lo em segurança na própria residência em Paris, onde, para não atrair a curiosidade dos vizinhos, manteve a fera reclusa até que se recuperasse de um ferimento na pata, causado por uma farpa a bordo do navio. Seu objetivo final era vender o orangotango.

Voltando para casa após uma farra noturna de marinheiros, ou melhor, na madrugada do assassinato, ele encontrou a fera em seu próprio quarto, pois ela escapara de um armário adjacente, em que estivera confinada com segurança, o marinheiro pensara. De navalha na mão e totalmente ensaboado, o orangotango tentava se barbear diante do espelho, uma operação que, sem dúvida, havia espiado o dono realizar pelo buraco da fechadura do armário. Aterrorizado ao ver uma arma tão perigosa na posse de um animal feroz, que ainda era capaz de usá-la, o homem ficou sem saber o que fazer. Entretanto, para aquietar a criatura, mesmo em seus humores mais violentos, o marinheiro costumava usar um chicote. Ao avistá-lo, o orangotango saltou pela porta do aposento, desceu as escadas e, dali, por uma infeliz janela aberta, saiu para a rua.

O francês foi atrás em desespero; o orangotango, ainda com a navalha na mão, parava de vez em quando, olhava para trás e gesticulava para o perseguidor, que quase o alcançou. O orangotango, então, fugiu novamente. A perseguição continuou assim por muito tempo. As ruas estavam silenciosas às quase três da madrugada. Ao passar por um beco nos fundos da Rua Morgue, a atenção do fugitivo foi atraída pela luz na janela de Madame L'Espanaye, no quarto andar do prédio. Correndo até o prédio, o macaco percebeu o para-raios, trepou com uma agilidade inconcebível, agarrou a veneziana, recolhida para trás contra a parede e, por meio dela, se balançou até ficar em cima da cabeceira da cama. A façanha inteira não demorou um minuto. A veneziana foi aberta novamente pelo orangotango assim que entrou no aposento.

O marinheiro ficou exultante e perplexo ao mesmo tempo. Tinha esperanças de recapturar o brutamontes, visto que o orangotango dificilmente escaparia da armadilha, exceto pelo para-raios, onde poderia ser interceptado ao descer. Por outro lado, havia ansiedade em relação ao que o animal faria dentro da casa. Esta última reflexão incitou o homem a continuar a perseguição. Não é difícil subir num para-raios, especialmente para um marinheiro, mas quando chegou à altura da janela à sua esquerda, o avanço foi interrompido. O máximo que o francês conseguiu fazer foi esticar o braço e tocar nela para ver o interior do cômodo. Com esse vislumbre, quase caiu por excesso de horror. Foi então que surgiram aqueles gritos horríveis na noite, que acordaram os moradores da Rua Morgue à base do susto. Madame L'Espanaye e sua filha, vestidas com pijamas, estavam ocupadas em arrumar alguns papéis no baú de ferro empurrado para o meio do quarto. O baú estava aberto e o conteúdo, ao lado, no chão. As vítimas deviam estar sentadas de costas para a janela e, no tempo entre a entrada do orangotango e os gritos, parece provável que ele não tenha sido percebido de imediato. O bater da veneziana teria sido atribuído ao vento.

Quando o marinheiro olhou para o interior do cômodo, o animal gigantesco havia agarrado Madame L'Espanaye pelo cabelo (que estava solto, já que ela o estava escovando) e brandia a navalha em volta do rosto, imitando um barbeiro. A filha, prostrada e imóvel, tinha desmaiado. Os gritos e a luta da velha (durante a qual o cabelo foi arrancado) transformaram a intenção, provavelmente pacífica do orangotango, em ira. Com um puxão firme do braço musculoso, ele quase arrancou a cabeça de Madame L'Espanaye. A visão do sangue transformou a raiva em frenesi. Rangendo os dentes e com fogo nos olhos, ele voou sobre a garota e cravou as garras na garganta dela, retendo o aperto até que ela morresse. Os olhares errantes e enlouquecidos se voltaram, nesse momento, para a cabeceira da cama, sobre a qual o rosto de seu dono, rígido de horror, mal era discernível. A fúria da fera, que, sem dúvida, ainda temia o chicote, foi convertida em medo. Consciente de que merecia o castigo, o orangotango parecia querer ocultar a carnificina e saltava pelo cômodo tomado por agonia e agitação, derrubando e quebrando a mobília enquanto se movia, arrastando o estrado do colchão para fora da cama. Para concluir, agarrou o cadáver da filha e o enfiou chaminé acima; depois, pegou o cadáver da velha e, imediatamente, o atirou de cabeça pela janela.

Quando o orangotango se aproximou do caixilho com o fardo mutilado, o marinheiro encolheu-se horrorizado no para-raios, escorregou até o chão — em vez de descer — e correu para casa temendo as consequências da carnificina, tomado pelo terror. Toda preocupação a respeito do destino do orangotango foi abandonada. As palavras ouvidas pelo grupo na escada foram as exclamações de horror e medo do francês, misturadas com os grunhidos diabólicos do brutamontes.

Não tenho quase nada a acrescentar. O orangotango deve ter escapado do quarto pelo para-raios, pouco antes de a porta ser quebrada. Deve ter fechado a janela ao passar por ela. Posteriormente, foi capturado pelo próprio dono, que obteve um grande valor no *Jardin des Plantes*[26] pelo orangotango. Le Bon foi libertado assim que narrarmos as circunstâncias do mistério (com alguns comentários de Dupin) no gabinete do chefe de polícia. Este funcionário, embora demonstrasse boa vontade com meu amigo, não escondia o pesar pela virada do caso e se soltou um ou dois comentários sarcásticos a respeito de que as pessoas deveriam cuidar da própria vida.

— Deixe-o falar — disse Dupin, que achou desnecessário responder. — Deixe-o discursar, vai aliviar sua consciência. Estou satisfeito por tê-lo derrotado em seu próprio castelo. No entanto, o fato de o chefe de polícia ter falhado na solução do mistério não é, de forma alguma, o motivo de admiração que ele supõe; pois, na verdade, nosso amigo é um pouco astuto demais para ter pleno entendimento. A sabedoria dele não possui estame. Só tem cabeça e nenhum corpo, como as imagens da Deusa Laverna ou, na melhor das hipóteses, só tem cabeça e ombros, como um bacalhau. Mas o chefe de polícia é uma boa criatura, no fim das contas. Gosto dele especialmente por ter dado um golpe de mestre de hipocrisia, com o qual ganhou sua reputação pela engenhosidade. Quero dizer, a mania que ele tem "*de nier ce qui est, et d'expliquer ce qui n'est pas*"[27].

---

26. Chamado de Jardin des Plantes, o jardim botânico de Paris inclui um dos zoológicos mais antigos do mundo, inaugurado em 1794, o Ménagerie. (N. do T.)

27. Rousseau em Júlia ou a Nova Heloísa ["de negar o que é e explicar o que não é"]. Em francês no original. (N. do T.)].

Jacques Futrelle

O PROBLEMA DA CELA 13

1905

I.

Todas as letras que permaneceram no alfabeto após o batismo de Augustus Van Dusen foram, mais tarde, adquiridas pelo cavalheiro em uma brilhante carreira científica. Sendo conquistadas com honra, essas letras foram colocadas na outra extremidade. Portanto, seu nome, tomado com tudo o que lhe pertencia, era uma estrutura imponente. Além de Ph.D., um LL.D., F.R.S., M.D. e um M.D.S.[1], o Professor Van Dusen era também outras coisas — coisas que nem ele sabia dizer —, reconhecimento que lhe foi dado por várias instituições estrangeiras.

Sua aparência não impressionava menos do que os títulos. Esguio, de ombros magros e curvos como os de um estudante, tinha a palidez do sedentarismo no rosto. Os olhos ameaçadores, sempre contraídos, possuíam a qualidade de quem estudava pequenas coisas. Quando vistos através dos óculos, eram fendas azuis, mas, acima deles, havia sua característica mais marcante: uma testa anormalmente alta e larga, coroada por espessos cabelos amarelos. Esses detalhes se uniam em uma personalidade peculiar, quase grotesca.

De uma longínqua descendência alemã, o Professor Van Dusen tinha ancestrais que se destacaram nas ciências por gerações; ele era um resultado óbvio, a grande mente especializada em lógica. Pelo menos três décadas dos seus 50 anos foram dedicadas a provar que dois mais dois sempre são quatro, a não ser em casos insólitos. Ele defendia que todas as coisas que começam devem ir para algum lugar, sendo capaz de convocar a força mental dos antepassados para solucionar determinado problema. A propósito, pode-se observar que o Professor Van Dusen usava um chapéu nº 8[2].

---

1. LL.D. (Legum Doctor), doutor em Direito ou doutor em Ciências Jurídicas; F.R.S. (Fellow of the Royal Society), membro da Royal Society, uma instituição destinada à promoção do conhecimento científico fundada em 1660, em Londres; M.D. (Doctor of Medicine), um médico; M.D.S. (Master of Dental Surgery), cirurgião-dentista. (N. do T.)

2. A numeração de tamanhos de chapéus vai até 8, o que significa que o Professor Van Dusen tinha uma cabeça grande e usava um modelo GG. A propósito, a expressão "chapéu nº 8" também é usada para indicar uma pessoa inteligente. (N. do T.)

Em geral, o mundo conhecia o Professor Van Dusen como a Máquina Pensante. O apelido lhe foi dado por um jornal, na época de uma exibição de xadrez, quando o professor demonstrou que um leigo no jogo poderia, com o uso da lógica, derrotar um campeão que dedicou sua vida ao esporte. A alcunha de Máquina Pensante talvez o descrevesse melhor do que as siglas honorárias, pois ele passava semanas e meses em reclusão, no pequeno laboratório, produzindo pensamentos que desconcertavam o mundo e os colegas cientistas.

A Máquina Pensante recebia visitantes ocasionais, geralmente homens que, pelas próprias especializações, apareciam para debater as ciências. Dois desses cientistas, Doutor Charles Ransome e Alfred Fielding, apareceram certa noite para discutir alguma teoria que não vale mencionar aqui.

— Isso é impossível — declarou o Doutor Ransome enfaticamente, no decorrer da conversa.

— Nada é impossível — Máquina Pensante retribuiu a ênfase, com petulância. — A mente é a senhora de todas as coisas. Quando a ciência reconhecer plenamente esse fato, um grande avanço será feito.

— E quanto ao dirigível? — perguntou o Doutor Ransome.

— Não é impossível, também — afirmou a Máquina Pensante. — Vai ser inventado algum dia. Eu mesmo o inventaria, mas estou ocupado.

O Doutor Ransome deu uma risada tolerante.

— Já ouvi você falar essas coisas antes — disse ele. — Porém elas não significam nada. A mente pode ser a senhora da matéria, mas ainda não encontrou uma maneira de aplicar o próprio poder. Existem coisas cuja existência não pode ser negada através do pensamento, ou melhor, que não cederiam a qualquer pensamento.

— O que, por exemplo? — indagou a Máquina Pensante.

O Doutor Ransome ficou pensativo por um momento, enquanto fumava.

— Bem, consideremos as paredes de uma prisão — respondeu ele. — Nenhum homem poderia sair de uma cela utilizando o pensamento. Se pudesse, não haveria prisioneiros.

— Um homem pode utilizar o cérebro e a criatividade a ponto de conseguir sair de uma cela, o que é a mesma coisa — disparou a Máquina Pensante.

O Doutor Ransome achou um pouco de graça.

— Suponhamos um caso — disse ele, após um momento. — Considere uma cela com prisioneiros condenados à morte. Homens desesperados pelo medo arriscariam qualquer chance de escapar. Suponha que você estivesse trancado em uma cela dessas. Você conseguiria escapar?

— Certamente — declarou a Máquina Pensante.

— É claro — falou o Senhor Fielding, entrando na conversa pela primeira vez —, você pode destruir a cela com um explosivo, mas por dentro, como um prisioneiro, não teria acesso a isso.

— Não haveria nada do gênero — disse a Máquina Pensante. — Você poderia me tratar exatamente como tratou os condenados à morte e eu sairia da cela.

— Não é possível, a menos que você tenha entrado com ferramentas para sair — falou o Doutor Ransome.

A Máquina Pensante ficou aborrecida e seus olhos azuis saltaram.

— Tranque-me na cela de qualquer prisão, em qualquer lugar, a qualquer hora, vestindo apenas o necessário, e escaparei em uma semana — ele declarou bruscamente.

Interessado, o Doutor Ransome endireitou-se na cadeira. O Senhor Fielding acendeu outro charuto.

— Quer dizer que você conseguiria sair de uma cela usando a mente? — perguntou o Doutor Ransome.

— Eu conseguiria — foi a resposta.

— Está falando sério?

— Com toda certeza.

O Doutor Ransome e o Senhor Fielding mergulharam em um silêncio profundo por um longo tempo.

— Você estaria disposto a tentar? — perguntou o Senhor Fielding.

— Certamente — disse o Professor Van Dusen com um traço de ironia na voz. — Já fiz coisas mais estúpidas para convencer outros a respeito de verdades menos importantes.

O tom foi ofensivo e houve acordes de raiva em ambos os lados. Embora a proposta fosse absurda, o Professor Van Dusen reiterou a disposição de empreender a fuga e a situação foi decidida.

— Começando agora — acrescentou o Doutor Ransome.

— Eu gostaria que começasse amanhã — falou a Máquina Pensante —, porque...

— Não, agora — disse o Senhor Fielding. — Você está preso, de maneira figurada, é claro, sem nenhum aviso prévio. Trancafiado em uma cela, sem chance de se comunicar com amigos, tratado com a mesma atenção dispensada a um homem condenado à morte. Está disposto?

— Tudo bem, agora, então — falou a Máquina Pensante ao ficar de pé.

— Digamos, a cela do corredor da morte na prisão de Chisholm.

— A cela do corredor da morte na prisão de Chisholm.

— E o que você vai vestir?

— O mínimo possível — respondeu a Máquina Pensante. — Sapatos, meias, calças e uma camisa.

— Você vai permitir que seja revistado?

— Devo ser tratado como todos os prisioneiros — disse a Máquina Pensante. — Nem mais, nem menos.

Após usar de suas influências ao telefone, os três conseguiram permissão para o teste. Os comissários da prisão, a quem disseram que o experimento tinha bases científicas, ficaram espantados, infelizmente. O Professor Van Dusen seria o prisioneiro mais ilustre que já haviam recebido.

Depois de vestir o que deveria usar durante o encarceramento, a Máquina Pensante chamou a velhinha que trabalhava de governanta, cozinheira e empregada doméstica.

— Martha — falou ele —, são agora 21h27. Estou indo embora. Daqui a uma semana, às 21h30, estes senhores e um outro, ou possivelmente dois outros, jantarão comigo aqui. Lembre-se de que o Doutor Ransome gosta de alcachofras.

Os três homens foram conduzidos à prisão de Chisholm, onde o diretor os esperava, informado do assunto por telefone. Ele sabia que apenas Van Dusen seria prisioneiro, mas que, apesar de não cometer nenhum crime, deveria ser tratado como todos os outros detentos.

— Revistem-no — instruiu o Doutor Ransome.

A Máquina Pensante foi revistada e nada foi encontrado. Os bolsos das calças estavam vazios. A camisa branca não tinha esconderijos. Os sapatos e as meias foram removidos, examinados e recolocados. Enquanto observava essa busca rígida, notava a lamentável fraqueza infantil do homem. Seu rosto e suas mãos eram pálidos, os dedos finos, o Doutor Ransome quase se arrependeu de participar do caso.

— Você tem certeza de que quer fazer isso? — perguntou ele.

— Ficaria convencido se eu não o fizesse? — a Máquina Pensante retrucou.

— Não.

— Muito bem. Eu o farei.

O tom da resposta dissipou qualquer simpatia por parte do Doutor Ransome. Irritado, ele decidiu acompanhar o experimento até o fim. Seria uma contundente reprovação à soberba do Professor Van Dusen.

— Será impossível para ele se comunicar com alguém de fora? — perguntou o Doutor Ransome.

— Absolutamente impossível — respondeu o diretor. — Ele não terá permissão de possuir qualquer tipo de material para escrever.

— E seus carcereiros entregariam uma mensagem dele?

— Nem uma palavra, direta ou indiretamente — disse o diretor. — O senhor pode ter certeza disso. Eles vão relatar qualquer coisa que for dita ou me entregar qualquer coisa que ele lhes der.

— Isso parece satisfatório — Fielding falou com interesse.

— Obviamente, no caso de ele falhar — disse o Doutor Ransome — e pedir a liberdade, o senhor compreende que deve libertá-lo?

— Compreendo — respondeu o diretor.

A Máquina Pensante ficou ouvindo, mas não tinha o que dizer até que tudo acabasse. Depois que terminaram, se manifestou.

— Eu gostaria de fazer três pequenos pedidos. Você pode atendê-los ou não, como quiser.

— Nada de favores especiais agora — advertiu o Senhor Fielding.

— Não estou pedindo favores — respondeu rudemente. — Eu gostaria de um pouco de pó dental, compre você mesmo para garantir que é pó dental, e gostaria de ter uma nota de cinco dólares e duas de dez dólares.

Doutor Ransome, Senhor Fielding e o diretor trocaram olhares, atônitos não com o pedido de pó dental, mas sim com a menção ao dinheiro.

— Há algum homem que nosso amigo poderia contatar para subornar com vinte e cinco dólares? — perguntou o Doutor Ransome ao diretor.

— Nem por dois mil e quinhentos dólares.

— Bem, deixe que ele tenha o que pediu — disse o Senhor Fielding. — Acho que são coisas inofensivas o suficiente.

— E qual é o terceiro pedido? — perguntou o Doutor Ransome.

— Eu gostaria de engraxar os sapatos.

Outros olhares de surpresa. Como este último pedido foi absurdo, eles concordaram. Depois de tudo providenciado, a Máquina Pensante foi conduzida de volta à prisão.

— Aqui está a cela 13 — falou o diretor em frente à terceira porta de aço no corredor. — É aqui que mantemos assassinos condenados. Ninguém sai sem minha permissão; ninguém se comunica com o exterior. Aposto minha reputação nisso. Fica a apenas três portas de distância do meu gabinete e posso ouvir qualquer ruído incomum.

— Esta cela serve, cavalheiros? — perguntou a Máquina Pensante. Havia ironia em sua voz.

— Muitíssimo bem.

A pesada porta de aço foi escancarada, seguida por uma correria de patas minúsculas. A Máquina Pensante entrou na escuridão da cela e, depois, a porta foi fechada e trancada duas vezes pelo diretor.

— Que barulho é esse aí dentro? — perguntou o Doutor Ransome, através das grades.

— Ratos... dezenas deles — respondeu a Máquina Pensante.

Os três homens se despediam quando a Máquina Pensante chamou:

— Que horas são exatamente, diretor?

— Onze e dezessete — respondeu o homem.

— Obrigado. Vou me juntar aos senhores em seu gabinete às 20h30, daqui a uma semana.

— E se o senhor não estiver lá?

— Não há "se" na questão.

II.

A prisão de Chisholm era uma extensa estrutura de granito, com quatro andares, no centro de um campo aberto. Cercada por um muro de alvenaria de cinco metros e meio de altura, o acabamento era tão liso que não oferecia apoio nem para o alpinista mais experiente. No topo da muralha, havia um metro e meio de barras de aço, enfileiradas em uma cerca afiada. A barreira marcava um limite entre a liberdade e o aprisionamento, pois, mesmo que um homem escapasse da cela, seria impossível pular o muro.

O pátio, a oito metros de distância do muro até qualquer lateral do prédio, servia para os prisioneiros se exercitarem durante o dia, mas esse benefício não se aplicava aos detentos da cela 13. Em todos os momentos do dia, havia quatro guardas armados no pátio, cada um patrulhando um lado do prédio da prisão.

À noite, o pátio continuava tão bem iluminado quanto de dia. Em cada lado, um grande refletor se erguia acima do muro, dando clareza à visão dos guardas. As lâmpadas também iluminavam as lanças no topo do muro. Os fios isolados, que alimentavam as luzes, subiam pela lateral do prédio da prisão e, do andar de cima, levavam aos postes dos refletores.

Tudo isso foi assimilado pela Máquina Pensante na manhã seguinte ao encarceramento, através da grade na janela, após ficar de pé na cama. Ele também deduziu que o rio ficava além do muro, pois ouviu a pulsação de um barco a motor e um pássaro do rio no alto. Da mesma direção, vinham gritos de meninos brincando e o ocasional estalo de uma bola rebatida. A Máquina Pensante soube, então, que entre o muro da prisão e o rio havia um espaço aberto, um parquinho.

Nenhum homem jamais escapou da prisão de Chisholm. Empoleirado na cama, a Máquina Pensante entendeu o motivo: as paredes da cela, embora construídas há vinte anos, eram sólidas, e as barras de ferro nas janelas não tinham sinal de ferrugem. A janela em si, mesmo sem as grades, era estreita.

No entanto, vendo essas coisas, a Máquina Pensante não desanimou. Em vez disso, apertou os olhos para o grande refletor — havia luz do sol forte agora — e levou o olhar ao fio que ia do refletor para o edifício. Essa fiação, ele raciocinou, devia descer pela lateral do prédio e não estava muito longe de onde se localizava sua cela. Esse era um dado que teria de descobrir.

A cela 13 ficava no mesmo andar da administração, ou seja, nem no porão, nem no andar de cima. Havia apenas quatro degraus até o piso da administração, portanto, o piso estava entre 90 centímetros a um metro e vinte acima do nível do solo. Ele não conseguia ver o chão abaixo da janela, mas podia vê-lo no horizonte, em relação ao muro. Seria uma queda fácil.

Logo em seguida, a Máquina Pensante se lembrou de como havia chegado à cela. Primeiro, existia a guarita externa integrada ao muro. Recordou-se dos dois portões gradeados, ambos de aço. Ali ficava um vigia que controlava a entrada e a saída, depois de muito tilintar chaves e fechaduras. Ele só liberava a passagem ao receber a ordem. O gabinete do diretor ficava no prédio da prisão e, para chegar lá pelo pátio, era necessário cruzar um portão de aço maciço que tinha um olho mágico. Então, saindo daquele gabinete para a cela 13, a pessoa tinha de passar por uma porta pesada de madeira e duas portas de aço que conduziam aos corredores da prisão. Além disso, havia a porta com tranca dupla da cela 13.

A Máquina Pensante considerou as sete portas que precisava vencer para sair da cela 13 e se tornar um homem livre. A seu favor, havia o fato de que ele raramente era interrompido. Um carcereiro apareceu na porta da cela às 6h com um desjejum; o homem voltaria ao meio-dia e, depois, às 18h. Às 21h, aconteceria a ronda de inspeção. E acabou.

"*Esse sistema prisional é extraordinariamente organizado*, admirou a Máquina Pensante. *Vou ter que estudá-lo quando sair. Não fazia ideia que se tomava tanto cuidado nas prisões.*

Exceto a cama de ferro, tão bem montada que só poderia ser quebrada com um porrete, ele não tinha nenhuma ferramenta. Não havia sequer uma cadeira, nem uma mesinha, nem um pedaço de lata ou de louça. Nada! O carcereiro ficava esperando ele acabar de comer e recolhia a colher de pau e a tigela.

Uma por uma, essas coisas penetraram no cérebro da Máquina Pensante. Quando considerou a última possibilidade, começou a examinar a cela. Do telhado, descendo pelas paredes de todos os lados, examinou as pedras e o rejunte de cimento. Pisou forte, o piso era de concreto maciço. Após o exame, sentou-se na beirada da cama e ficou perdido em pensamentos, pois o Professor Augustus S. F. X. Van Dusen, a Máquina Pensante, tinha algo a planejar.

Foi incomodado por um rato, que cruzou seu pé e correu para um canto escuro, assustado com a própria ousadia. Depois de um tempo, a Máquina Pensante apertou os olhos para a escuridão onde o rato tinha desaparecido e distinguiu vários olhinhos redondos o encarando. A Máquina Pensante contou seis pares, mas talvez houvesse mais.

Então, sentado na cama, notou pela primeira vez a parte inferior da porta da cela: uma abertura de cinco centímetros entre a barra de aço e o chão. Olhando nessa direção fixamente, recuou para o canto onde tinha visto os olhinhos redondos. Houve uma corrida de patas minúsculas, vários guinchos de roedores assustados e, depois, silêncio.

Nenhum dos ratos saiu pela porta, mas também não havia nenhum animal na cela. Devia existir outra saída, por menor que fosse. A Máquina Pensante, de quatro no chão, iniciou uma busca, tateando com os dedos finos em completa escuridão.

A busca foi recompensada. Ele encontrou uma pequena abertura no chão, que estava nivelada com o cimento. Era perfeitamente redonda, um pouco maior do que uma moeda de dólar. Os ratos saíram por ali. A Máquina Pensante enfiou os dedos no buraco; parecia um tubo de drenagem em desuso, pois estava seco e empoeirado.

Satisfeito, se sentou na cama por uma hora e, em seguida, fez outra inspeção através da janela da cela. Um dos guardas externos estava parado bem em frente, ao lado do muro, por acaso olhando para a janela da cela 13, quando a cabeça da Máquina Pensante apareceu. Mas o cientista não percebeu o guarda.

Chegou meio-dia e o carcereiro apareceu com uma refeição de uma simplicidade repugnante. Em casa, a Máquina Pensante comia apenas para viver; aqui, ele pegou o que lhe foi oferecido sem comentários. De vez em quando, falava com o carcereiro que permanecia parado do lado de fora da porta, olhando para ele.

— Alguma melhoria feita aqui nos últimos anos? — perguntou a Máquina Pensante.

— Nada em especial — respondeu o carcereiro. — O novo muro foi construído há quatro anos.

— Alguma coisa feita na prisão propriamente dita?

— Pintaram a madeira do lado de fora e acredito que, há cerca de sete anos, um novo sistema de encanamento foi instalado.

— Ah! — disse o prisioneiro. — A que distância fica aquele rio lá?

— Mais ou menos cem metros. Os meninos têm um campo de beisebol entre o muro e o rio.

A Máquina Pensante não tinha mais nada a dizer naquele momento, porém quando o carcereiro estava pronto para ir, ele pediu um pouco de água.

— Eu fico com muita sede aqui dentro — explicou. — Seria possível você deixar um pouco de água em uma tigela para mim?

— Vou perguntar ao diretor — respondeu o carcereiro, que foi embora.

Meia hora depois, ele voltou com água em uma pequena tigela de barro.

— O diretor disse que você pode ficar com esta tigela — informou o homem ao prisioneiro. — Mas deve me mostrar quando eu pedir. Se estiver quebrada, será a última.

— Obrigado — disse a Máquina Pensante. — Não vou quebrar a tigela.

O carcereiro foi embora. Por uma fração de segundo, pareceu que a Máquina Pensante faria uma pergunta, mas não a fez.

Duas horas depois, o mesmo carcereiro, ao passar pela porta da cela 13, ouviu um barulho lá dentro e parou. A Máquina Pensante estava de quatro em um canto da cela e vieram vários guinchos assustados. O carcereiro olhou com interesse.

— Ah, peguei você! — ele ouviu o prisioneiro dizer, e perguntou bruscamente:

— Pegou o quê?

— Um desses ratos — foi a resposta. — Viu só?

E entre os dedos compridos do cientista, o carcereiro viu um rato cinza se debatendo. O prisioneiro trouxe o animal para a luz e o olhou de perto.

— É um ratão-d'água — disse ele.

— Você não tem nada melhor para fazer do que pegar ratos? — perguntou o carcereiro.

— É uma vergonha que eles sequer estejam aqui — Van Dusen respondeu, irritado. — Leve esse rato embora e mate-o. Há dezenas de outros de onde ele veio.

O carcereiro pegou o roedor, que se contorcia, e o jogou no chão com violência. O rato soltou um guincho e ficou imóvel. Mais tarde, ele relatou o incidente ao diretor, que apenas sorriu.

Ainda no final da tarde, o guarda armado do lado externo onde ficava a cela 13 espiou a janela da tal cela e viu o prisioneiro olhando para fora. Notou sua mão erguida até a janela gradeada e alguma coisa branca caiu no chão, logo abaixo. Era um rolo de linho, evidentemente de tecido de camisa branca. Amarrado em torno dele, uma nota de cinco dólares. O guarda olhou para a janela novamente, mas o rosto havia desaparecido.

Com um sorriso maldoso, ele levou o rolo de linho e os cinco dólares ao escritório do diretor. Juntos, decifraram algo escrito, uma tinta estranha, borrada em vários pontos. Do lado de fora, estava escrito:

"Quem encontrar, por favor, entregue ao Doutor Charles Ransome."

— Ah! — disse o diretor, rindo. — O plano de fuga número um deu errado.

Logo após, ele completou, ao pensar melhor:

— Mas por que ele endereçou o bilhete ao Doutor Ransome?

— E onde o prisioneiro conseguiu caneta e tinta para escrever? — perguntou o guarda.

O diretor olhou o guarda, que lhe devolveu o olhar. Não havia solução aparente para esse mistério. O diretor estudou a escrita cuidadosamente e balançou a cabeça.

— Bem, vamos ver o que ele ia dizer ao Doutor Ransome...

O diretor desenrolou o pedaço de linho e perguntou, confuso:

— Bem, se isso... o que... o que o senhor acha disso?

O guarda pegou o pedaço de linho e leu isto:

_Rapa cseod neterpeuq arienam a e oanats. "E"

III.

O diretor passou uma hora e meia se perguntando que tipo de cifra era aquela e por que o prisioneiro tentaria se comunicar com o Doutor Ransome — o causador de seu encarceramento. Depois, o diretor refletiu sobre onde o prisioneiro conseguiu caneta e tinta, e que tipo de material possuía. Tentando iluminar esse ponto, examinou novamente o linho. Era um pedaço de uma camisa branca e tinha bordas irregulares.

Agora tinha sido possível esclarecer o uso do linho, mas não o que o prisioneiro tinha usado para escrever. O diretor sabia da impossibilidade de ele ter caneta ou lápis e, além disso, não foram esses os materiais usados. O que ele usou, então? O diretor decidiu investigar pessoalmente. A Máquina Pensante era sua responsabilidade e tinha ordens para manter os prisioneiros. Se este tentasse escapar enviando mensagens cifradas para pessoas de fora, o impediria, como o faria no caso de qualquer outro.

O diretor voltou à cela 13 e encontrou a Máquina Pensante de quatro no chão, engajado em pegar ratos. O prisioneiro ouviu os passos do diretor e se virou.

— Esses ratos — disparou a Máquina Pensante — são uma vergonha. Há dezenas deles.

— Outros homens conseguiram suportá-los — devolveu o diretor. — Aqui está outra camisa para o senhor; deixe-me ficar com a que está vestindo.

— Por quê? — indagou a Máquina Pensante.

O tom pouco natural indicava perturbação.

— O senhor tentou se comunicar com o Doutor Ransome — falou o diretor em tom severo. — Como meu prisioneiro, devo acabar com isso.

A Máquina Pensante ficou em silêncio por um momento.

— Tudo bem — disse, finalmente. — Cumpra seu dever.

O diretor deu um sorriso maldoso. O prisioneiro se levantou do chão, tirou a camisa branca e vestiu a listrada que o diretor trouxera. O diretor comparou os pedaços de linho em que estava a cifra com certos lugares rasgados na camisa. A Máquina Pensante o observou com curiosidade.

— O guarda levou... isso... para o senhor, então? — perguntou ele.

— Com certeza — respondeu o diretor em tom triunfante. — E assim termina sua primeira tentativa de fuga.

A Máquina Pensante observou o diretor enquanto o homem, por comparação, estabelecia que apenas dois pedaços de linho haviam sido rasgados da camisa branca.

— Com o que você escreveu isso? — indagou o diretor.

— Creio que seja parte do seu dever descobrir — respondeu a Máquina Pensante, irritado.

O diretor começou a dizer algumas coisas ríspidas, mas então se conteve e fez uma busca minuciosa na cela. Não encontrou nada, nem mesmo um fósforo ou um palito que pudesse servir como caneta. O mistério também envolvia o fluido usado como tinta. Embora o diretor tenha deixado a cela 13 irritado, levou a camisa rasgada como troféu.

— Bem, escrever bilhetes em uma camisa não vai tirá-lo de lá, isso é certo — disse o diretor para si mesmo com alguma complacência.

Ele guardou os retalhos de linho na escrivaninha.

— Se aquele homem escapar daquela cela, eu... enforcarei... eu pedirei demissão.

No terceiro dia do encarceramento, a Máquina Pensante tentou abertamente sair da prisão através de suborno. Depois de trazer o jantar, o carcereiro ficou esperando encostado na porta gradeada e o prisioneiro começou a conversa.

— Os tubos de drenagem da prisão levam ao rio, não é? — perguntou ele.

— Sim — disse o carcereiro.

— Suponho que sejam muito pequenos?

— Muito pequenos para alguém rastejar dentro deles, se é isso que você está pensando — a resposta veio com um sorriso.

JACQUES FUTRELLE 75

Estabeleceu-se um silêncio, até que a Máquina Pensante terminou a refeição.

— Você sabe que não sou um criminoso, não é?

— Sim.

— E que tenho todo o direito de ser libertado caso eu exija isso?

— Sim.

— Bem, vim acreditando que poderia escapar — falou o prisioneiro, os olhos apertados estudando o rosto do carcereiro. — Você consideraria uma recompensa por me ajudar a escapar?

O carcereiro, por acaso um homem honesto, olhou a figura esguia e fraca, a cabeça grande com uma massa de cabelos amarelos, e quase sentiu pena.

— Acho que prisões como esta não foram construídas para gente como você sair — disse ele, por fim.

— Mas você consideraria uma proposta para me ajudar a sair? — insistiu o prisioneiro, quase suplicante.

— Não — falou o carcereiro.

— Quinhentos dólares — insistiu a Máquina Pensante. — Não sou um criminoso.

— Não — respondeu o carcereiro.

— Mil?

— Não — disse novamente o carcereiro, que começou a se afastar para escapar das tentações e, depois, voltou. — Mesmo que você me desse dez mil dólares, eu não poderia tirá-lo da prisão. Você teria que passar por sete portas e só tenho as chaves de duas.

Em seguida, ele contou ao diretor tudo o que aconteceu.

— O plano número dois falhou — disse o diretor, com um sorriso cruel. — Primeiro, uma cifra; depois, suborno.

Quando o carcereiro estava a caminho da cela 13, às 18h, levando comida à Máquina Pensante, ele fez uma pausa, assustado com um barulho de raspagem de aço contra aço. Como o barulho parou junto com o som de seus passos, o carcereiro, que estava além do campo de visão do prisioneiro, astuciosamente retomou a caminhada, visto que o som era o mesmo de quem se afastava. Na verdade, continuava no mesmo lugar.

Depois de um momento, o barulho de raspagem voltou. O carcereiro avançou nas pontas dos pés e espiou por entre as barras. De pé sobre a cama, a Máquina Pensante trabalhava nas barras da janelinha. Usava uma lima, a julgar pelo movimento dos braços, movimentando-a para a frente e para trás.

Cautelosamente, o carcereiro voltou ao escritório, chamou o diretor e os dois voltaram à cela 13 de mansinho. A raspagem continuava audível. O diretor ficou ouvindo, para se satisfazer, e apareceu de repente na porta.

— Então? — indagou ele, com um sorriso no rosto.

Empoleirado na cama, a Máquina Pensante olhou para trás e saltou de repente para o chão, fazendo esforços para esconder algo. O diretor entrou com a mão estendida.

— Entregue — disse o homem.

— Não — falou o prisioneiro, rispidamente.

— Vamos, entregue — insistiu o diretor. — Eu não quero ter que revistá-lo.

— Não — repetiu o prisioneiro.

— O que era, uma lima? — perguntou o diretor.

A Máquina Pensante ficou parada em silêncio, olhando para o diretor com os olhos apertados e algo quase parecido com decepção no rosto — quase, mas não exatamente isso. O diretor foi quase solidário.

— O plano número três falhou, hein? — perguntou ele, bem-humorado. — Que pena, não é?

O prisioneiro não respondeu.

— Reviste-o — instruiu o diretor.

O carcereiro revistou o prisioneiro. Escondido na cintura das calças, encontrou um pedaço de aço curvo, em meia-lua, com cerca de cinco centímetros.

— Ah — disse o diretor, ao receber o objeto. — Retirado do salto do sapato.

Ele deu um sorriso simpático.

O carcereiro continuou a busca e, do outro lado da cintura das calças, encontrou outro pedaço de aço idêntico. As bordas mostravam onde haviam sido desgastadas contra as barras da janela.

— O senhor jamais conseguiria abrir uma passagem por aquelas barras com isso aqui — falou o diretor.

— Conseguiria, sim — disse a Máquina Pensante, com firmeza na voz.

— Em seis meses, talvez — disse o diretor bem-humorado.

O homem ficou balançando a cabeça enquanto olhava para o rosto levemente corado do prisioneiro.

— Pronto para desistir? — perguntou ele.

— Eu nem comecei ainda.

Em seguida, ocorreu outra busca completa da cela. Os dois homens examinaram o espaço e, ao final, vasculharam a cama. Nada. O diretor subiu no colchão e examinou as barras da janela. Quando olhou, achou graça.

— O senhor apenas deu mais brilho às barras, esfregando-as com força — disse ele ao prisioneiro, que ficou com ar abatido.

O diretor agarrou as barras nas mãos e tentou sacudi-las, sem sucesso. Ele examinou uma de cada vez e as considerou satisfatórias. Por fim, desceu da cama.

— Desista, professor — aconselhou o homem.

A Máquina Pensante fez um gesto negativo com a cabeça e, depois, o diretor e o carcereiro foram embora. Enquanto desapareciam no corredor, o prisioneiro se sentou na beira da cama com a cabeça entre as mãos.

— Ele está louco para tentar sair daquela cela — comentou o carcereiro.

— É claro que ele não consegue sair — falou o diretor. — Mas ele é inteligente. Gostaria de saber com que ele escreveu aquela cifra.

Eram quatro horas da manhã, quando um grito de partir o coração ecoou pela prisão. Veio de uma cela no centro e o tom narrava uma história de agonia e medo. Ao ouvir, o diretor, acompanhado por três de seus homens, correu para o corredor que conduzia à cela 13.

IV.

Enquanto corriam, ouviu-se o grito outra vez, que se esvaiu em uma espécie de lamento. Os rostos pálidos dos prisioneiros surgiram nas grades dos pavimentos acima e abaixo, olhando com curiosidade e horror.

— É aquele idiota da cela 13 — resmungou o diretor.

Ele parou enquanto um dos carcereiros acendia a lanterna. "Aquele idiota da cela 13" estava na cama, deitado de costas, roncando de boca aberta. No momento em que olhavam, ouviu-se novamente o grito agudo, de algum lugar acima. O rosto do diretor empalideceu ao subir as escadas. No último andar, encontrou um homem encolhido na cela 43, dois andares diretamente acima da cela 13.

— Qual é o problema? — indagou o diretor.

— Graças a Deus, o senhor veio — exclamou o prisioneiro, se jogando contra as grades.

— O que foi? — o diretor questionou mais uma vez.

Ele abriu a porta e entrou. O prisioneiro caiu de joelhos e o agarrou. O homem tremia com olhos dilatados, o rosto branco de terror. As mãos, geladas, pegaram as do diretor.

— Tire-me desta cela, por favor, tire-me — implorou.

— Qual é o seu problema, afinal?

— Eu ouvi alguma coisa... alguma coisa — disse o prisioneiro, e os olhos percorreram nervosamente o local.

— O que você ouviu?

— Eu... eu não posso dizer ao senhor... — gaguejou o prisioneiro, que falou em uma súbita explosão de terror. — Tire-me desta cela... coloque-me em qualquer lugar... mas me tire daqui.

O diretor e os três carcereiros trocaram olhares.

— Quem é esse sujeito? Do que ele é acusado? — perguntou o diretor.

— Joseph Ballard — disse um dos carcereiros. — Acusado de jogar ácido no rosto de uma mulher. Ela morreu por causa disso.

— Mas não conseguiram provar — ofegou o prisioneiro. — Não conseguiram provar. Por favor, coloque-me em outra cela.

Ele continuava agarrado ao diretor, que afastou seus braços com força. Então, por um tempo, o diretor ficou olhando o desgraçado encolhido, possuído pela irracionalidade de uma criança apavorada.

— Olhe aqui, Ballard — disse o diretor —, se você ouviu alguma coisa, quero saber o que foi. Agora, me diga.

— Não posso, não posso — o homem soluçava.

— De onde veio?

— Eu não sei. De todo lugar... de lugar nenhum. Acabei de ouvir.

— O que foi... uma voz?

— Por favor, não me faça responder — implorou o prisioneiro.

— Você tem que responder — disse o diretor, rispidamente.

— Era uma voz... mas... mas não era humana — foi a resposta soluçante.

— Voz, mas não humana? — repetiu o diretor, intrigado.

— Parecia abafada e... e distante... e fantasmagórica — explicou o homem.

— Veio de dentro ou de fora da prisão?

— Não parecia vir de lugar nenhum... estava apenas aqui, aqui, em todos os lugares. Eu ouvi. Eu ouvi.

Por uma hora, o diretor tentou saber qual era a história, mas Ballard se tornara inflexível. Apenas implorava para ser colocado em outra cela ou para que um dos carcereiros ficasse com ele até o amanhecer. Esses pedidos foram recusados.

— E, veja bem — disse o diretor, para concluir —, se houver mais gritaria, vou colocá-lo na cela acolchoada.

O diretor foi embora confuso. Ballard amanheceu sentado à porta da cela, o rosto abatido pressionado contra as barras, olhando a prisão com um olhar fixo e arregalado.

O quarto dia de encarceramento da Máquina Pensante foi bastante animado. O prisioneiro, que passava a maior parte do tempo na janelinha, jogou outro pedaço de linho para o guarda e este o levou obedientemente ao diretor. Nele, estava escrito:

"Só mais três dias."

O diretor não se surpreendeu. A Máquina Pensante quis dizer que restavam apenas mais três dias de cárcere e considerou o bilhete uma bravata. Mas como foi escrito? Onde a Máquina Pensante encontrou outra peça de linho? O diretor examinou cuidadosamente o tecido. Era branco, textura fina, material de camisa. Ele pegou a camisa que havia confiscado e ajustou as duas peças originais nos lugares rasgados. A terceira peça era supérflua, não cabia em nenhum lugar, e, no entanto, eram ambas feitas da mesma matéria-prima.

— E onde... onde ele consegue alguma coisa para escrever? — indagou o diretor para o vazio.

Ainda mais tarde no quarto dia, a Máquina Pensante, através da janela da cela, falou com o guarda armado do lado de fora.

— Estamos em que dia do mês? — perguntou.

— Dia quinze — foi a resposta.

A Máquina Pensante fez um cálculo astronômico e se convenceu de que a lua não nasceria antes das 21h. A seguir, fez outra pergunta.

— Quem cuida desses refletores?

— Técnicos da empresa.

— Vocês não têm eletricistas no prédio? Acho que vocês poderiam economizar dinheiro se tivessem o próprio técnico.

— Não é da minha conta — respondeu o guarda.

O guarda notou a frequência da Máquina Pensante na janela da cela aquele dia, mas o rosto parecia indiferente, com certa melancolia nos olhos atrás das lentes. Depois de um tempo, aceitou a presença da cabeça leonina. Ele tinha visto o mesmo anseio pelo mundo exterior em outros prisioneiros.

Naquela tarde, pouco antes da troca de turno do guarda, a mão da Máquina Pensante estendeu algo entre as barras. A coisa caiu no chão e o guarda a pegou. Era uma nota de cinco dólares.

— Isso é para você — falou o prisioneiro.

Como de costume, o guarda levou o dinheiro ao diretor. Aquele senhor olhou para a nota com desconfiança; suspeitava de tudo o que viesse da cela 13.

— Ele disse que era para mim — explicou o guarda.

— É uma espécie de gorjeta, suponho — disse o diretor. — Não vejo nenhuma razão para você recusar...

De repente, o diretor lembrou que a Máquina Pensante foi para a cela 13 com uma nota de cinco dólares e duas notas de dez dólares; vinte e cinco ao todo. Bem, uma nota de cinco dólares tinha sido amarrada nas primeiras peças de linho que saíram da cela. O diretor ainda tinha aquela nota e, para se convencer, pegou-a e olhou para ela. Eram cinco dólares; no entanto, aqui estavam outros cinco, e a Máquina Pensante tinha apenas notas de dez.

"Talvez alguém tenha trocado uma das notas para ele", pensou, e soltou um suspiro de alívio.

Mas o diretor decidiu que vasculharia a cela 13 como jamais tinha feito em nenhuma outra. Se um homem podia escrever à vontade, trocar dinheiro e fazer outras coisas inexplicáveis, havia algo de errado em sua prisão. Planejou entrar na cela de madrugada. Às 3h seria perfeito. A Máquina Pensante devia fazer suas estranhezas em algum momento. De madrugada parecia o horário mais provável.

E foi assim que o diretor chegou furtivamente à cela 13, às 3h da madrugada. Ele parou em frente à porta e ficou prestando atenção. Não havia som, exceto pela respiração regular do prisioneiro. As chaves abriram as fechaduras quase em silêncio. O diretor entrou e, depois, trancou a porta. De repente, ele acendeu a lanterna furta-fogo no rosto da figura deitada.

Se o diretor havia planejado assustar a Máquina Pensante, se enganou, pois o indivíduo abriu os olhos, pegou os óculos e perguntou em um tom muito indiferente:

— Quem é?

Seria inútil descrever a busca minuciosa que o diretor fez. Nem um centímetro da cela foi esquecido. Encontrou um buraco redondo no chão e, em um lampejo de inspiração, enfiou os dedos grossos na cavidade. Depois de tatear, o diretor puxou algo sob a luz da lanterna.

— Argh! — exclamou.

Era um rato morto. A inspiração fugiu como uma névoa diante do sol, mas ele continuou a busca. A Máquina Pensante, sem dizer uma palavra, se levantou e chutou o rato para o corredor.

O diretor subiu na cama e testou as barras de aço da janela. Estavam rígidas como as da porta.

Então, o diretor revistou as roupas do prisioneiro, começando pelos sapatos. Nada escondido! Em seguida, o cós das calças. Nada ainda! Por último, os bolsos. De uma lateral, ele retirou um papel-moeda e examinou.

— Cinco notas de um dólar — o diretor suspirou de susto.

— Isso mesmo — disse o prisioneiro.

— Mas o... o senhor tinha duas notas de dez e uma de cinco... o que... como o senhor faz isso?

— Isso é problema meu — falou a Máquina Pensante.

— Algum dos meus homens trocou esse dinheiro para o senhor... por sua palavra de honra?

A Máquina Pensante fez uma pausa.

— Não — respondeu.

— Bem, o senhor tentou? — o diretor perguntou preparado para acreditar em qualquer coisa.

— Isso é problema meu — disse novamente o prisioneiro.

O diretor olhou feio para o cientista. Ele achou — sabia — que aquele homem o estava fazendo de idiota, mas não entendia como. Se o sujeito fosse um prisioneiro mesmo, o diretor obteria a verdade, mas, por outro lado, talvez aquelas coisas inexplicáveis não teriam sido levadas a ele tão abertamente. Nenhum dos dois falou por um longo tempo e, de repente, o diretor se virou e saiu da cela, batendo a porta. O prisioneiro não se atreveu a falar.

Ele olhou para o relógio. Faltavam dez para as quatro. O diretor mal tinha se acomodado na cama quando, novamente, veio aquele grito ecoando pela prisão. Com alguns murmúrios deselegantes, ele reacendeu a lanterna e correu até a cela no andar superior.

Mais uma vez, Ballard estava se esmagando contra a porta de aço, gritando com toda a força. Ele parou apenas quando o diretor acendeu a lâmpada na cela.

— Tire-me, tire-me — gritou o prisioneiro. — Fui eu, fui eu, eu a matei. Leve isso embora.

— Leve o que embora? — perguntou o diretor.

— Eu joguei o ácido na cara dela... fui eu... eu confesso. Tire-me daqui.

A condição de Ballard era lamentável; deixá-lo sair para o corredor foi apenas misericórdia. Ele se agachou como um animal encurralado em um canto, tapando os ouvidos. Demorou meia hora até se acalmar e conseguir falar. Ele contou o que havia acontecido, de um jeito incoerente. Na noite anterior, às 4h, ouviu uma voz sepulcral, abafada e em tom de lamento.

— O que a voz disse? — perguntou o diretor, curioso.

— Ácido... ácido... ácido! — ofegou o prisioneiro. — A voz me acusou. Ácido! Eu joguei o ácido e a mulher morreu!

Foi um gemido longo de terror.

— Ácido? — repetiu o diretor, intrigado; o caso estava além de sua compreensão.

— Ácido. Foi tudo o que ouvi... aquela palavra repetida várias vezes. Havia outras coisas também, mas não as ouvi.

— Isso foi ontem à noite, não é? — perguntou o diretor. — O que aconteceu na noite de hoje... o que te assustou agora?

— Foi a mesma coisa — ofegou o prisioneiro. — Ácido... ácido... ácido!

Ele cobriu o rosto com as mãos e ficou sentado, tremendo.

— Foi ácido que usei nela, mas não tive a intenção de matá-la. Acabei de ouvir as palavras. Era alguma coisa me acusando... me acusando — ele murmurou e ficou em silêncio.

— Você ouviu mais alguma coisa?

— Sim... mas não consegui entender... apenas uma ou duas palavras.

— Bem, o que foi?

— Eu ouvi "ácido" três vezes, depois escutei um longo gemido, e aí... aí... ouvi "chapéu nº 8". Eu ouvi isso duas vezes.

— Chapéu nº 8 — repetiu o diretor. — Que diabos... chapéu nº 8? Vozes acusadoras da consciência nunca falaram sobre chapéus nº 8, até onde eu sei.

— Ele é louco — disse um dos carcereiros, com ar de assunto encerrado.

— Você está certo — falou o diretor. — Ele deve estar louco. Provavelmente, ouviu alguma coisa e se assustou. Ele está tremendo agora. Chapéu nº 8! Mas que...

V.

Quando chegou o quinto dia da Máquina Pensante na prisão, o diretor estava com uma aparência atormentada. Ansioso pelo fim, tinha certeza de que o distinto prisioneiro estava se divertindo. Se fosse o caso, a Máquina Pensante não tinha perdido o senso de humor. Pois neste dia ele jogou outro bilhete ao guarda externo, contendo a frase: "Só mais dois dias". E também jogou meio dólar.

Ora, o diretor *sabia* que o homem na cela 13 não tinha meio dólar — ele *não poderia* ter meio dólar, nem poderia ter caneta, tinta, linho, mas, ainda assim, ele tinha meio dólar. Era uma condição, não uma teoria; um dos motivos pelo tormento do diretor.

Aquela coisa medonha e misteriosa a respeito de "ácido" e "chapéu nº 8" o deixou obcecado. Aquelas palavras não significavam nada, eram obviamente apenas delírios de um assassino insano levado a confessar o crime por medo. Mas ainda havia muitas coisas que "não significavam nada" acontecendo na prisão desde a chegada da Máquina Pensante.

No sexto dia, o diretor recebeu um cartão-postal que anunciava a visita do Doutor Ransome e do Senhor Fielding à prisão na noite seguinte, quinta-feira. No caso de o Professor Van Dusen ainda não ter escapado — e os dois presumiram que ele não havia escapado, afinal, não tinham ouvido notícias do cientista —, eles o encontrariam lá.

— No caso de ele ainda não ter escapado! — O diretor deu um sorriso cruel. — Escapado!

A Máquina Pensante animou o dia do diretor com três bilhetes. Foram escritos nos pedaços de linho de costume e falavam a respeito do compromisso às 20h30, na quinta-feira.

Na tarde do sétimo dia, o diretor passou pela cela 13 e olhou para o interior. A Máquina Pensante, deitada na cama de ferro, aparentemente dormia um sono leve. A cela tinha a mesma aparência de sempre sob um olhar casual. O diretor juraria que nenhum homem sairia dela entre aquela hora — 16h — e 20h30 daquela noite.

No caminho de volta, passando pela cela, o diretor ouviu a respiração de novo e, ao se aproximar da porta, inspecionou o interior. Não teria feito isso se a Máquina Pensante estivesse olhando, mas agora... bem, era diferente.

Um raio de luz entrou pela janela alta e atingiu o rosto do adormecido. Pela primeira vez lhe ocorreu que o prisioneiro parecia abatido e cansado. Naquele exato momento, a Máquina Pensante se mexeu ligeiramente e o diretor subiu o corredor às pressas, se sentindo culpado. Naquela noite, depois das 18h, ele viu o carcereiro.

— Está tudo bem na cela 13? — perguntou.

— Sim, senhor — respondeu o carcereiro. — Mas ele não comeu muito.

Com a sensação de dever cumprido, o diretor recebeu Ransome e Fielding pouco depois das 19h. Pretendia mostrar aos dois os bilhetes de linho e contar a longa história de seus infortúnios. Mas antes que isso acontecesse, o guarda do pátio que dava para o rio entrou no gabinete.

— O refletor do meu lado do pátio não acende — informou ao diretor.

— Maldição, aquele homem é um mau agouro — trovejou o diretor. — Todo tipo de coisa aconteceu desde que ele chegou aqui!

O guarda voltou ao posto na escuridão e o diretor telefonou para a empresa de luz elétrica.

— Aqui é da prisão de Chisholm — disse ele ao telefone. — Envie três ou quatro homens aqui para consertar um refletor.

A resposta foi evidentemente satisfatória, pois o diretor colocou o fone no gancho e saiu para o pátio. Enquanto o Doutor Ransome e o Senhor Fielding esperavam, o guarda no portão externo entrou com uma carta especial. O Doutor Ransome, por acaso, percebeu o endereço e, quando o guarda saiu, olhou a carta mais de perto.

— Por São Jorge! — exclamou ele.

— O que foi? — perguntou o Senhor Fielding.

Silenciosamente, o médico estendeu a carta ao Senhor Fielding. Este a examinou com atenção.

— Coincidência — disse ele. — Deve ser.

Eram quase 20h quando o diretor voltou ao gabinete. Os eletricistas chegaram em um carroção e, agora, estavam trabalhando. O diretor apertou a campainha para se comunicar com o homem no portão externo do muro.

— Quantos eletricistas entraram? — perguntou pelo interfone. — Quatro? Três operários de suéter e macacão e o gerente? Sobrecasaca e chapéu de seda? Tudo bem. Certifique-se de que só quatro saiam. Só isso.

Ele se virou para o Doutor Ransome e para o Senhor Fielding e disse:

— Temos que ter cuidado aqui... especialmente — e havia amplo sarcasmo em seu tom — uma vez que temos cientistas presos.

O diretor pegou a carta e começou a abri-la.

— Assim que eu ler isso, quero contar aos senhores algo a respeito de... Grande César! — exclamou, de repente, enquanto lia a carta.

O diretor ficou sentado com a boca aberta, imóvel de espanto.

— O que foi? — perguntou o Senhor Fielding.

— Uma carta especial da cela 13 — ofegou o diretor. — Um convite para jantar.

— O quê? — os outros dois disseram em uníssono e ficaram de pé ao mesmo tempo.

O diretor continuou atordoado, olhando para a carta. Depois, chamou um guarda no corredor.

— Corra até a cela 13 e veja se aquele homem está lá!

O guarda seguiu as instruções, enquanto o Doutor Ransome e o Senhor Fielding examinavam a carta.

— É a letra do Van Dusen, não há dúvida — disse o Doutor Ransome. — Eu já vi muito a escrita dele.

Nesse momento, soou a campainha do interfone do portão externo e o diretor, meio em transe, pegou o fone.

— Alô! Dois repórteres, hein? Deixe-os entrar. — Ele se voltou para o doutor e o Senhor Fielding. — Ora, o homem *não* pode ter saído. O professor tem que estar na cela.

Nesse exato momento, o guarda voltou.

— Ele ainda está na cela, senhor — relatou o homem. — Eu o vi. Está deitado.

— Pronto, eu disse aos senhores — falou o diretor, que respirou com alívio. — Mas como ele mandou esta carta?

Ouviu-se uma batida na porta de aço que conduzia ao pátio e ao gabinete do diretor.

— São os repórteres. Deixe-os entrar — o diretor instruiu o guarda; em seguida, se voltou para os outros dois senhores. — Não falem nada a respeito diante deles, porque eu nunca mais teria paz.

A porta se abriu e os dois homens entraram.

— Boa noite, senhores — disse um deles.

Era Hutchinson Hatch. O diretor o conhecia bem.

— Bem? — perguntou o outro, irritado. — Estou aqui.

Era a Máquina Pensante.

Ele semicerrou os olhos com hostilidade para o boquiaberto diretor. O Doutor Ransome e o Senhor Fielding ficaram pasmos, mas desconheciam o que o diretor sabia. Eles estavam apenas maravilhados; o diretor ficou paralisado na cadeira. Hutchinson Hatch, o repórter, observou a cena com ganância.

— Como... como... como você fez isso? — ofegou o diretor.

— Volte para a cela — respondeu a Máquina Pensante, com a irritada voz que seus colegas cientistas conheciam.

O diretor, ainda em uma condição que beirava o transe, abriu o caminho.

— Jogue luz lá dentro — instruiu a Máquina Pensante.

O diretor obedeceu. Não havia nada de incomum na aparência da cela e ali... ali na cama, estava a figura da Máquina Pensante. Com certeza! Lá estava o cabelo amarelo! Mais uma vez o diretor olhou para o homem ao lado e se perguntou a respeito da estranheza daquele pesadelo.

Com as mãos trêmulas, ele destrancou a porta da cela e a Máquina Pensante entrou.

— Veja aqui — disse ele.

A Máquina Pensante chutou as barras de aço na parte inferior da porta e três delas se deslocaram. Uma quarta se rompeu e saiu rolando pelo corredor.

— Aqui também — instruiu o ex-prisioneiro enquanto subia na cama para alcançar a janela.

Ele passou a mão pela abertura e todas as barras saíram.

— O que é isso na cama? — perguntou o diretor, se recuperando lentamente.

— Uma peruca — foi a resposta. — Levante-a.

O diretor obedeceu. Embaixo da peruca havia um grande rolo de corda forte, dez metros ou mais, uma adaga, três limas, três metros de fio elétrico, um alicate de aço fino, um pequeno martelo de tapeceiro com cabo e... uma pistola Derringer.

— Como o senhor fez isso? — indagou o diretor.

— Os senhores têm o compromisso de jantar comigo às 21h30 — disse a Máquina Pensante. — Venham ou vamos nos atrasar.

— Mas como o senhor fez isso? — insistiu o diretor.

— Jamais pense que é possível prender qualquer homem que saiba usar o cérebro — falou a Máquina Pensante. — Vamos ou nos atrasaremos.

VI.

Foi um jantar impaciente e silencioso nos aposentos do Professor Van Dusen. Os convidados eram o diretor da prisão, o Doutor Ransome, Albert Fielding e Hutchinson Hatch, o repórter. A refeição foi servida de acordo com as instruções dadas pelo Professor Van Dusen na semana anterior. O Doutor Ransome achou as alcachofras deliciosas. Ao fim da refeição, a Máquina Pensante se voltou para o Doutor Ransome e apertou os olhos.

— Você acredita agora? — perguntou ele.

— Sim — respondeu o Doutor Ransome.

— Você admite que foi um teste justo?

— Admito.

Os outros, sobretudo o diretor, esperavam ansiosamente a explicação.

— Suponha que você nos diga como... — começou o Senhor Fielding.

— Sim, diga-nos como aconteceu — falou o diretor.

A Máquina Pensante ajustou os óculos e, como um gesto preparatório, começou a história desde o início. Nenhum homem jamais falou para ouvintes tão interessados.

— Meu acordo foi — começou ele — entrar em uma cela, carregando nada exceto o que era necessário vestir, e sair dela em uma semana. Eu nunca tinha visto a prisão de Chisholm. Quando entrei, pedi pó dental, duas notas de dez e uma de cinco dólares e, também, para engraxar os sapatos. Mesmo que esses pedidos tivessem sido recusados, não seria um problema sério. Mas os senhores concordaram com eles. Eu sabia que não haveria nada na cela de que os senhores pensassem que eu poderia tirar vantagem. Então, quando o diretor trancou a porta, eu estava aparentemente desamparado, a menos que pudesse dar uso a três coisas supostamente inocentes. Eram coisas que teriam sido permitidas a qualquer prisioneiro condenado à morte, não eram, diretor?

— Pó dental e sapatos engraxados, sim, mas não dinheiro — respondeu o diretor.

— Qualquer coisa é perigosa nas mãos de um homem que sabe como usá-la — continuou a Máquina Pensante. — Não fiz nada naquela primeira noite a não ser dormir e perseguir ratos.

Ele olhou feio para o diretor.

— Quando o assunto foi abordado, eu sabia que nada poderia fazer naquela noite, então, sugeri o dia seguinte. Os senhores pensaram que eu queria tempo para uma fuga com ajuda externa, mas não era verdade. Eu sabia que poderia me comunicar com quem quisesse, quando quisesse.

O diretor olhou fixamente para a Máquina Pensante por um momento e continuou a fumar.

— Fui despertado às 6h da manhã seguinte, pelo carcereiro, com meu café da manhã — continuou o cientista. — Ele me disse que o almoço era às 12h e o jantar, às 18h. Entre esses horários, concluí que ficaria praticamente sozinho. Assim sendo, após o café da manhã, examinei as cercanias pela janela da cela. Uma olhada me informou que seria inútil tentar escalar o muro, pois meu propósito era sair não só da cela, mas da prisão. Obviamente, eu poderia ter pulado o muro, mas teria demorado mais tempo para traçar meus planos dessa forma. Portanto, naquele momento, descartei qualquer ideia a respeito.

"A partir dessa primeira observação, soube que o rio ficava daquele lado da prisão e que havia um parquinho lá. Posteriormente, um carcereiro confirmou essas suposições. Eu soube, então, de uma coisa importante: que qualquer um poderia se aproximar do muro da prisão daquele lado, se necessário, sem atrair nenhuma atenção. Era bom se lembrar disso. Eu me lembrei.

"Mas o que mais atraiu minha atenção do lado de fora foi a fiação do refletor que passava a mais ou menos um metro da minha janela. Eu sabia que aquilo seria valioso no caso de achar necessário desligar aquele refletor."

— Ah, foi você que desligou o refletor hoje à noite, então? — perguntou o diretor.

— Tendo descoberto tudo o que pude olhando pela janela — retomou a Máquina Pensante, sem dar atenção à interrupção —, considerei a ideia de escapar pela prisão propriamente dita. Lembrei-me de como havia entrado na cela e eu sabia que seria a única maneira. Havia sete portas entre mim e o exterior. Então, também desisti da ideia de escapar por aquele caminho. E eu não conseguiria passar pelas paredes de granito maciço da cela.

A Máquina Pensante parou por um momento e o Doutor Ransome acendeu um novo charuto. Por vários minutos, houve silêncio; então, o cientista fugitivo continuou.

— Enquanto eu pensava nessas coisas, um rato passou por cima do meu pé. Isso sugeriu uma nova linha de raciocínio. Havia pelo menos meia dúzia de ratos na cela; pude ver seus olhinhos redondos. Mesmo assim, não notei nenhum vindo por baixo da porta. Eu os assustei de propósito e os observei para ver se eles saíam por ali. Os ratos não saíram por lá, mas foram embora. Obviamente, eles tinham saído por outro caminho. Outro caminho significava outra abertura.

"Procurei por essa abertura e a encontrei. Era um cano de drenagem antigo, há muito tempo sem uso, parcialmente entupido com terra e poeira. Mas era por onde os ratos tinham vindo. Eles vieram de algum lugar. De onde? Canos de drenagem geralmente levam para fora do terreno da prisão. Esse provavelmente levava ao rio ou para perto dele. Os ratos deviam, portanto, vir dessa direção. Se eles vieram por uma parte do caminho, concluí que vieram até o fim, porque era improvável que um tubo de ferro ou chumbo tivesse qualquer orifício que não fosse a saída.

"Quando o carcereiro veio com o meu almoço, me disse duas coisas importantes, embora não soubesse. Uma era que um novo sistema de encanamento havia sido colocado na prisão há sete anos; outra que o rio estava a apenas cem metros. Então, eu deduzi que o cano fazia parte de um sistema antigo; deduzi, também, que geralmente se inclinava em direção ao rio. Mas o cano terminava na água ou na terra?

"Essa foi a próxima questão. Eu a resolvi pegando vários dos ratos na cela. Meu carcereiro ficou surpreso ao me ver envolvido nessa tarefa. Examinei pelo menos uma dúzia deles. Os ratos estavam perfeitamente secos; eles tinham vindo pelo cano e, o mais importante de tudo, não eram ratos domésticos, mas ratos do campo. A outra extremidade do cano estava em terra, portanto, fora dos muros da prisão. Até agora, tudo bem.

"Portanto, eu sabia que se trabalhasse a partir desse ponto, deveria atrair a atenção do diretor para outra direção. Vejam bem, ao contá-lo que fui à prisão para escapar de lá, os senhores tornaram o teste mais complicado, porque eu tinha que o enganar com rastros falsos."

O diretor ergueu os olhos, com tristeza.

— A primeira coisa foi fazê-lo acreditar que eu estava tentando me comunicar com o senhor, Doutor Ransome. Então, escrevi um bilhete em um pedaço de linho que rasguei da minha camisa, endereceí-o ao Doutor Ransome, amarrei uma nota de cinco dólares em torno dele e joguei pela janela. Eu sabia que o guarda levaria o bilhete ao diretor, mas preferia que o diretor o tivesse enviado como foi endereçado. O senhor está com aquele primeiro bilhete de linho, diretor?

O diretor apresentou a cifra.

— O que diabos significa isso, afinal? — perguntou ele.

— Leia ao contrário, começando com a assinatura "E" e desconsidere a divisão das palavras — instruiu a Máquina Pensante.

O diretor obedeceu.

—E-s-t-a, esta — soletrou ele.

Estudou o bilhete por um momento e o leu de uma vez, com um sorriso rasgado.

— "Esta não é a maneira que pretendo escapar." Bem, agora o que senhor diz disso? — indagou, ainda sorrindo.

— Eu sabia que isso atrairia sua atenção, como aconteceu — disse a Máquina Pensante —, e se o senhor realmente descobrisse o que era a mensagem, seria uma espécie de repreensão gentil.

— Com o que o senhor escreveu isso? — perguntou o Doutor Ransome, depois de examinar o linho e passar ao Senhor Fielding.

— Com isso — disse o ex-prisioneiro, estendendo o pé.

Nele estava o sapato que a Máquina Pensante tinha usado na prisão, embora a graxa estivesse ausente, pois havia sido raspada.

— A graxa do sapato, umedecida com água, foi minha tinta; a ponta de metal do cadarço foi uma caneta bem razoável.

O diretor ergueu os olhos e caiu na gargalhada, meio de alívio, meio achando graça.

— O senhor é uma maravilha — disse ele, com admiração. — Continue.

— Isso provocou uma busca em minha cela da parte do diretor, como eu pretendia — continuou a Máquina Pensante. — Eu estava ansioso para que ele adquirisse o hábito de vasculhar a cela e, sem encontrar nada, finalmente se cansasse e desistisse. Isso acabou acontecendo, de fato.

O diretor corou.

— Então, ele levou minha camisa branca embora e me deu uma camisa da prisão. O diretor ficou satisfeito que aqueles dois pedaços da camisa eram tudo o que faltava. Mas, enquanto ele vasculhava a cela, eu tinha outro pedaço da mesma camisa, um quadrado de mais ou menos vinte centímetros, enrolado dentro da minha boca.

— Vinte centímetros daquela camisa? — indagou o diretor. — De onde saíram?

— O busto de todas as camisas brancas de peito postiço tem camada tripla — foi a explicação. — Arranquei a camada interna, deixando apenas duas camadas no busto. Eu sabia que o senhor não veria. Assunto encerrado.

Houve uma pequena pausa e o diretor olhou para cada um dos homens presentes com um sorriso encabulado.

— Tendo descartado o diretor por enquanto, oferecendo algo mais em que pensar, dei meu primeiro passo em direção à liberdade — disse o Professor Van Dusen. — Eu sabia que o cano levava a algum lugar do parquinho do lado de fora; sabia que muitos meninos brincavam lá; sabia que ratos entravam na cela vindo de lá. Será que eu poderia me comunicar com alguém de fora tendo essas coisas em mãos?

"Primeiro, era necessário, a meu ver, um fio longo e bastante confiável, pois então... aqui — ele levantou as pernas das calças e mostrou que a parte superior das meias, de algodão fino, tinha sumido. — Eu as desfiz e, depois que comecei a puxar o fio, não foi difícil. Fiquei facilmente com quatrocentos metros de fio em que podia confiar.

"Depois, na metade do linho restante, escrevi, num trabalho árduo, garanto-lhes, uma carta explicando minha situação a este senhor aqui — e ele indicou Hutchinson Hatch. — Eu sabia que ele me ajudaria pelo valor da reportagem. Amarrei uma nota de dez dólares na carta de linho, garanto-lhes que não há maneira melhor de atrair o olhar de uma pessoa, e escrevi: 'Quem encontrar, entregue esta carta para Hutchinson Hatch, *Daily American*, que dará mais dez dólares pela informação'.

"O próximo passo foi colocar o bilhete fora da prisão, no parquinho, onde um menino poderia encontrá-lo. Havia duas maneiras, mas escolhi a melhor. Peguei um dos ratos, pois tornei-me perito em pegá-los, amarrei o linho e o dinheiro firmemente em uma de suas pernas, prendi meu fio de algodão na outra e soltei o animal no cano de drenagem. Raciocinei que o medo natural do roedor o faria correr até que saísse do cano e estivesse, então, na terra, onde provavelmente pararia a fim de roer o linho e o dinheiro.

"A partir do momento em que o rato desapareceu no cano, fiquei ansioso. Estava me arriscando. O rato poderia roer o fio, que eu segurava em uma ponta; outros ratos poderiam roê-lo; poderia sair correndo para fora do cano e deixar o linho e o dinheiro onde nunca seriam encontrados; mil outras coisas poderiam ter acontecido. Assim, passei algumas horas de nervosismo, mas o rato continuou até que mais ou menos um metro de fio permanecesse na minha cela e eu concluísse que ele havia saído do cano. Eu havia instruído cuidadosamente o Senhor Hatch a respeito do que fazer caso o bilhete chegasse até ele. A pergunta era: será que chegaria?

"Feito isso, eu só poderia criar outros planos caso esse falhasse. Tentei subornar abertamente meu carcereiro e soube pelo homem que ele tinha as chaves de apenas duas das sete portas que me separavam da liberdade. Então, fiz outra coisa para deixar o diretor nervoso. Tirei os calços de aço dos saltos dos meus sapatos e fingi serrar as barras da janela da cela. O diretor fez uma bela cena por causa disso. E também desenvolveu o hábito de sacudir as barras da janela da cela para ver se estavam firmes. Estavam... naquele momento."

Novamente o diretor sorriu. Já não se espantava mais.

— Com esse único plano, fiz tudo o que podia, e só era possível esperar para ver o que ia acontecer — continuou o cientista. — Eu não tinha como saber se meu bilhete fora entregue ou mesmo encontrado, ou se fora roído pelo rato. E não me atrevi a puxar pelo cano aquele fio tênue que me ligava ao exterior.

"Quando fui para a cama naquela noite, não dormi, com medo de não sentir o puxão no fio, indicando que o Senhor Hatch tinha recebido o bilhete. Às 3h30, senti esse puxão e nenhum condenado à morte recebeu tanta alegria.

A Máquina Pensante parou e se voltou para o repórter.

— É melhor o senhor explicar exatamente o que fez — disse ele.

— O bilhete de linho foi levado até mim por um garotinho que estava jogando beisebol — falou o Senhor Hatch. — Enxerguei uma grande reportagem nele, então, dei ao menino os outros dez dólares e peguei carretéis de seda, um pouco de barbante e um rolo de arame flexível. O bilhete do professor sugeria que eu mandasse a pessoa que o encontrou me mostrar exatamente onde o bilhete foi pego e me disse para fazer a busca a partir desse ponto, começando às 2h da madrugada. Se eu encontrasse a outra ponta do fio, deveria puxá-la suavemente três vezes e, depois, uma quarta vez.

"Comecei a busca com uma pequena lâmpada elétrica. Passaram-se uma hora e vinte minutos até que eu encontrei o fim do cano, escondido no mato. O cano era muito grande ali, quase trinta centímetros de diâmetro. Logo depois, encontrei a ponta do fio de algodão e a puxei conforme as instruções e recebi outro puxão em resposta.

"Então, amarrei a seda no fio e o Professor Van Dusen começou a puxá-la para a cela. Eu quase tive um ataque cardíaco de tanto medo de que o fio se rompesse. Amarrei o barbante na ponta da seda e, quando ele foi puxado, amarrei o arame. Em seguida, o arame foi puxado para dentro do cano. Naquele momento, tínhamos uma linha substancial, que os ratos não conseguiriam roer, ela ia da boca do cano até o interior da cela.

A Máquina Pensante ergueu a mão e Hatch parou.

— Tudo isso foi feito em silêncio absoluto — disse o cientista. — Mas quando o arame chegou à minha mão, eu quase gritei. Em seguida, tentamos outro experimento, para o qual o Senhor Hatch estava preparado. Testei o cano como um tubo acústico. Nenhum de nós conseguia ouvir claramente o que estava sendo dito, mas não ousei falar alto por medo de chamar a atenção na prisão. Finalmente, fiz que ele entendesse o que eu queria de pronto. O Senhor Hatch teve muita dificuldade em entender quando pedi ácido nítrico, e repeti várias vezes a palavra "ácido".

"Então, ouvi um grito em uma cela acima de mim e me dei conta de que alguém tinha ouvido nossa conversa. Quando escutei o senhor chegando, diretor, fingi que estava dormindo. Se o senhor tivesse entrado na minha cela naquele momento, o plano de fuga teria terminado. Mas o senhor passou. Isso foi o mais perto que cheguei de ser pego.

"Tendo improvisado esse transporte, fica fácil ver como eu trouxe coisas ao interior da cela e as fiz desaparecerem como em um passe de mágica. A verdade é que eu simplesmente as jogava de volta no cano. O senhor, diretor, não poderia ter alcançado o arame de conexão com os dedos, pois os seus são muito grossos. Meus dedos, veja bem, são mais compridos e mais finos. Além disso, enfiei um rato no topo daquele cano... o senhor se lembra disso."

— Eu me lembro — disse o diretor, com uma careta.

— Achei que se alguém fosse tentado a investigar o buraco, o rato o inibiria. O Senhor Hatch não poderia me enviar nada de útil pelo cano até a noite seguinte, embora tenha me enviado dez dólares trocados como teste. Assim sendo, prossegui com outras partes do meu plano e desenvolvi o método de fuga.

"Para implementá-lo com sucesso, foi necessário que o guarda do pátio se acostumasse a me ver na janela da cela. Consegui isso deixando cair bilhetes de linho em tom de bravata, a fim de fazer o diretor acreditar que um de seus assistentes se comunicava com o mundo exterior por mim. Eu ficava horas em minha janela olhando para fora, para que o guarda pudesse me ver e, de vez em quando, falava com ele. Dessa forma, descobri que a prisão não tinha eletricistas próprios, mas que dependia da empresa fornecedora de luz caso algo desse errado.

"Isso abriu o caminho para a liberdade: na noite do último dia da minha prisão, quando escureceu, planejei cortar o fio de alimentação que ficava a alguns metros da minha janela, alcançando-o com uma gota de ácido no arame que eu tinha. Isso deixaria aquele lado da prisão escuro enquanto os eletricistas procuravam o lugar. Isso também traria o Senhor Hatch ao pátio da prisão.

"Havia apenas mais uma coisa a fazer antes que eu iniciasse a fuga. Tratava-se de acertar os detalhes finais com o Senhor Hatch através de nosso cano acústico. Fiz isso meia hora depois que o diretor saiu da minha cela, na quarta à noite. O Senhor Hatch teve, novamente, sérias dificuldades em me entender e eu repeti a palavra "ácido" e depois as palavras "chapéu nº 8", no caso, o meu tamanho. Essas palavras motivaram a confissão do prisioneiro no andar acima, segundo o que me contou um dos carcereiros. Esse prisioneiro nos ouviu através do cano, que também ia para a sua cela. A cela diretamente acima de mim não estava ocupada; portanto, ninguém mais escutou.

"Com o ácido nítrico que consegui através do cano, o trabalho de cortar as barras da janela e da porta foi relativamente fácil, mas demorou porque vinha em garrafas finas. Hora após hora, no quinto, sexto e sétimo dias, o guarda embaixo olhava para mim enquanto eu trabalhava com o ácido e um pedaço de arame na janela. Usei o pó dental para evitar que o ácido se espalhasse. Desviei o olhar conforme trabalhava e, a cada minuto, o ácido penetrava mais fundo no metal. Notei que os carcereiros testavam a porta sacudindo a parte superior, nunca as barras inferiores, por isso, as cortei, deixando-as penduradas por tiras finas de metal. Mas isso foi um pouco de ousadia. Eu não poderia ter saído por aquele caminho tão facilmente."

A Máquina Pensante ficou em silêncio por vários minutos.

— Acho que isso esclarece tudo — continuou ele. — Quaisquer pontos que não expliquei foram para confundir o diretor e os carcereiros. As coisas na minha cama eu trouxe para agradar ao Senhor Hatch, que queria melhorar a reportagem.

Obviamente, a peruca foi necessária no meu plano. Escrevi e encaminhei a carta especial em minha cela com a caneta-tinteiro do Senhor Hatch, depois a enviei para ele, que a despachou. Isso é tudo, creio eu.

— Mas e sua saída da prisão em si e, depois, a entrada pelo portão externo do meu gabinete? — perguntou o diretor.

— Perfeitamente simples — disse o cientista. — Cortei o fio da luz elétrica com o ácido, como disse, quando a corrente estava desligada. Portanto, o refletor não acendeu. Eu sabia que demoraria um pouco para que descobrissem o que estava acontecendo e fizessem os reparos. Quando o guarda foi relatar ao senhor, o pátio estava às escuras. Eu saí pela janela, foi apertado, também recoloquei as barras ao me apoiar em uma saliência estreita e permaneci na sombra até o grupo dos eletricistas chegar. O Senhor Hatch era um deles.

"Quando o vi, ele me entregou um boné, um suéter e um macacão, que vesti a três metros do senhor, diretor, enquanto o senhor estava no pátio. Mais tarde, o Senhor Hatch me chamou, como se fosse um operário, e saímos juntos para pegar alguma coisa no carroção. O guarda do portão nos deixou sair como os operários que tinham acabado de entrar. Trocamos de roupa e reaparecemos, pedindo para vê-lo. Vimos o senhor. Foi isso.

Um silêncio pairou por vários minutos. O Doutor Ransome foi o primeiro a falar.

— Maravilhoso! — exclamou. — Fantástico!

— Como o Senhor Hatch veio com os eletricistas? — perguntou o Senhor Fielding.

— O pai dele é gerente da empresa — respondeu a Máquina Pensante.

— Mas e se não houvesse nenhum Senhor Hatch do lado de fora para ajudar?

— Todo prisioneiro tem um amigo do lado de fora que o ajudaria a escapar, se pudesse.

— Suponha, apenas suponha, o que o senhor faria se não houvesse nenhum sistema de encanamento antigo lá? — perguntou o diretor, com curiosidade.

— Havia duas outras saídas — falou a Máquina Pensante, em tom enigmático.

Dez minutos depois, a campainha do telefone tocou. Era um pedido para o diretor.

— Tudo bem com a luz, hein? — perguntou o diretor, pelo telefone. — Ótimo. Fio cortado ao lado da cela 13? Sim, eu sei. Um eletricista a mais? Como assim? Dois saíram?

O diretor se virou para os outros com uma expressão intrigada.

— Ele só deixou entrar quatro eletricistas, deixou sair dois e disse que faltam três.

— Eu era o de fora — disse a Máquina Pensante.

— Ah, entendi — falou o diretor e, depois, ao telefone: — Deixe o quinto homem sair. Não há problema com ele.

G. K. Chesterton

O HOMEM INVISÍVEL

1911

No crepúsculo azul e frio de duas ladeiras em Camden Town, a confeitaria na esquina brilhava como fogos de artifício. A complexidade da luz, interrompida por espelhos, dançava em tortas e doces com cores alegres e douradas. Crianças de rua colavam o nariz na vitrine, pois os chocolates estavam embrulhados em tons metálicos vermelhos e verdes, e isso era quase tão bom quanto o chocolate em si; o enorme bolo branco de casamento na vitrine, ao mesmo tempo distante e satisfatório, parecia uma versão comestível do Polo Norte. Esse arco-íris de tentações atraía a juventude da vizinhança. Um rapaz com cerca de 24 anos encarava a vitrine. Para ele, inclusive, a loja possuía um charme faiscante que não podia ser explicado apenas pelos chocolates, embora ele não os desprezasse.

O rapaz, um ruivo corpulento de rosto decidido, mas modos apáticos, levava sob o braço uma pasta com esboços que havia vendido às editoras desde que seu tio, o almirante, o deserdara em nome do socialismo. Tudo por causa de uma palestra que ele deu contra essa teoria econômica. Seu nome era John Turnbull Angus.

Após finalmente entrar na confeitaria, Angus foi até o cômodo dos fundos, onde havia uma espécie de padaria, e levantou o chapéu para a jovem no balcão. A moça de cabelos escuros era elegante e alerta, vestida de preto, com pele rosada e olhos castanhos muito vivos. Depois do intervalo habitual, a moça foi atrás dele na sala interna para anotar o pedido.

O pedido do rapaz foi evidentemente comum.

— Eu quero, por favor — disse Angus —, um pãozinho de meio centavo e uma xícara pequena de café preto.

Um instante antes que a moça se virasse, o rapaz acrescentou:

— E quero que você se case comigo.

De repente, a jovem enrijeceu e disse:

— Não gosto desse tipo de piada.

O jovem ruivo ergueu os olhos cinzentos com seriedade.

— É real e verdadeiro — disse ele —, é tão sério quanto o pãozinho de meio centavo que pedi. É caro, como o pãozinho; mas tem quem pague. É indigesto, como o pão. Incomoda.

A jovem o estudou com uma exatidão quase trágica. Depois de examiná-lo, ela sorriu levemente e se sentou em uma cadeira.

— Você não acha — observou Angus — que é bastante cruel comer esses pãezinhos de meio centavo? Eles poderiam crescer e se tornar pãezinhos de um centavo. Vou desistir dessas atividades brutais quando nos casarmos.

A jovem se levantou da cadeira e foi até a janela, em estado de reflexão, cogitando a ideia. Quando finalmente se virou, com ar decidido, ficou perplexa ao constatar que o jovem estava colocando vários objetos da vitrine sobre a mesa. Eles incluíam uma pirâmide de doces coloridos, sanduíches e dois decantadores contendo vinho do Porto e xerez muito específicos de padarias. No meio desse arranjo, ele baixou o enorme bolo branco açucarado que outrora enfeitava a vitrine.

— O que diabos você está fazendo? — perguntou ela.

— O dever, minha querida Laura — começou ele.

— Ah, pelo amor de Deus, pare um minuto — gritou a moça —, e não fale comigo dessa maneira. Quero dizer, o que é tudo isso?

— Uma refeição cerimonial, Senhorita Hope.

— E o que é isso? — perguntou ela, impaciente, apontando para a montanha de açúcar.

— O bolo de casamento, Senhora Angus — respondeu o jovem.

Com passos firmes, a moça foi até aquele produto, o pegou e o devolveu à vitrine; em seguida, voltou, apoiou os elegantes cotovelos na mesa e encarou o jovem com irritação.

— Você não me dá tempo para pensar — disse ela.

— Não sou tão idiota assim — respondeu ele. — Essa é minha humildade cristã.

A moça ainda encarava Angus, mas tinha ficado mais séria por trás do sorriso.

— Senhor Angus — Laura falou em tom firme —, antes que haja mais um minuto desse absurdo, devo lhe contar uma coisa a meu respeito.

— Encantado — Angus respondeu sério. — Você pode me dizer algo a meu respeito também, aproveitando a ocasião.

— Ah, cale a boca e preste atenção — disse a moça. — Não é nada de que eu me envergonhe, nem algo de que me arrependa. Mas o que você diria se houvesse uma coisa que não fosse da minha conta e ainda assim fosse meu pesadelo?

— Nesse caso, devo sugerir que traga o bolo de volta.

— Bem, primeiro você precisa ouvir a história — Laura insistiu. — Para começar, devo dizer que meu pai era dono de uma estalagem chamada "Peixe Vermelho", em Ludbury, e eu costumava servir as pessoas no bar.

— Muitas vezes me perguntei — falou ele — por que havia uma atmosfera cristã nesta confeitaria.

— Ludbury é um buraco gramado e monótono nos Condados Orientais e quem frequentava o "Peixe Vermelho" eram representantes comerciais ocasionais e, também, os indivíduos mais horríveis que se pode encontrar na vida, quero dizer, homens preguiçosos, com apenas o suficiente para viver, e que nada tinham para fazer além de se pendurarem em bares ou apostar em cavalos. Mesmo esses imprestáveis não eram comuns em nosso estabelecimento, mas dois deles eram comuns em todos os sentidos. Ambos os desocupados se sustentavam e se vestiam bem demais. Ainda assim, eu ficava um pouco triste por eles, pois acredito que se escondiam em nosso bar porque tinham leves deformidades, o tipo de coisa de que alguns interioranos riem. Também não eram exatamente deformidades, eram mais esquisitices. Um deles era parecido com um anão, ou pelo menos com um jóquei. Mas o sujeito nada tinha a ver com um jóquei: tinha uma cabeça redonda; barba preta bem aparada; olhos brilhantes como os de um pássaro; tilintava dinheiro nos bolsos; sacudia uma grande corrente de relógio de ouro e só aparecia bem vestido, como um cavalheiro, para se parecer com um. O sujeito não era tolo, embora fosse um preguiçoso fútil; era curiosamente habilidoso em muitas coisas inúteis; um mágico amador que acendia quinze fósforos como fogos de artifício ou cortava uma banana em forma de boneca. Seu nome era Isidore Smythe, e ainda posso ver seu rosto se aproximando do balcão, após imitar um canguru saltitante com cinco charutos.

"O outro sujeito era calado, mas me deixava mais alerta do que o pobre Smythe. Alto e magro, de cabelos claros e nariz adunco, ele seria quase bonito se não fosse a vesguice. Quando ele olhava para você, não dava para saber para onde estava olhando, muito menos o que estava olhando. Imagino que esse tipo de imperfeição o tenha deixado amargurado, pois, enquanto Smythe se exibia em qualquer lugar, o vesgo James Welkin só enchia a cara e caminhava sozinho pela região. Acho que Smythe também ficava magoado por ser tão pequeno, embora conduzisse o problema com mais inteligência. E foi assim que fiquei realmente perplexa, além de assustada, e muito triste, quando os dois se ofereceram para se casar comigo na mesma semana.

"Bem, fiz o que, desde então, pensei ser uma bobagem. Afinal, de certa forma eles eram amigos meus e eu tinha medo de que pensassem que os recusei pela feiura. Então, inventei a mentira sobre nunca querer me casar com alguém que não tivesse conquistado o próprio lugar no mundo. Eu disse que era uma questão de princípio não viver com dinheiro herdado, como o deles. Dois dias depois, o problema começou. A primeira coisa que ouvi foi que os dois haviam saído em busca de fortuna, como se estivessem em algum conto de fadas.

"Bem, eu nunca mais os vi, desde aquele dia até hoje. Mas recebi duas cartas do homenzinho chamado Smythe e, de fato, elas foram tocantes."

— Chegou a ter notícias do outro homem? — perguntou Angus.

— Não, ele nunca escreveu para mim — respondeu a moça, após um instante de hesitação. — A primeira carta do Smythe dizia que ele ia a pé com Welkin para Londres; mas Welkin era tão bom de caminhada que o homenzinho caiu fora e ficou descansando na beira da estrada. Por acaso, ele foi acolhido por um circo itinerante por ser talentoso e quase anão. Smythe se deu bem no *show business* e logo foi enviado ao Aquário para fazer truques que não sei direito quais são. Essa foi a primeira carta dele. A segunda foi mais surpreendente e só recebi semana passada.

O homem chamado Angus esvaziou a xícara de café e a olhou com ternura e paciência. A própria boca de Laura ganhou um leve sorriso quando recomeçou:

— Imagino que você já tenha visto os cartazes a respeito desse "Serviço Silencioso do Smythe"? É uma invenção para fazer trabalho doméstico por meio de máquinas. O tipo de coisa: "Aperte um botão — Um mordomo que nunca bebe"; "Vire uma alavanca — Dez criadas que nunca flertam". Você deve ter visto os anúncios. Bem, essas máquinas estão rendendo rios de dinheiro e enchendo os bolsos daquele diabinho que conheci em Ludbury. Não consigo deixar de ficar contente pelo pobrezinho, mas a verdade é que estou com medo de que ele apareça e diga que conquistou o próprio lugar no mundo.

— E o outro homem? — Angus repetiu com calma obstinada.

Laura Hope ficou de pé em um salto.

— Meu amigo — disse ela —, eu não li uma linha escrita pelo outro homem e sei tanto dele quanto os mortos sabem. Mas é do Welkin que tenho medo. É ele quem está cruzando o meu caminho. Foi o Welkin quem me deixou meio maluca. Na verdade, acho que ele me deixou completamente maluca, pois senti sua presença onde ele não poderia estar e ouvi sua voz quando não poderia ter falado.

— Bem, minha querida — falou o jovem, alegremente —, se o Welkin fosse o próprio Satanás, ele estaria acabado, pois agora você contou para alguém. A pessoa enlouquece sozinha, moça. Mas quando foi que achou ter sentido a presença e ouvido nosso amigo vesgo?

— Eu ouvi James Welkin rir tão claramente quanto ouço você agora — disse a moça em tom firme. — Não havia ninguém lá, pois eu estava do lado de fora da loja, na esquina, e podia ver as duas ruas ao mesmo tempo. Eu tinha esquecido como ele ria, embora sua risada fosse tão estranha quanto o estrabismo. Eu não tinha pensado em Welkin por quase um ano. Mas é a mais pura verdade que, alguns segundos depois, chegou a primeira carta do rival dele.

— Você já fez o espectro falar ou algo assim? — perguntou Angus, interessado.

Laura estremeceu e respondeu com a voz inabalável:

— Sim. Logo que terminei de ler a segunda carta de Isidore Smythe anunciando seu sucesso. Naquele exato momento, ouvi Welkin dizer: "Ele não terá você, no entanto". Foi bastante claro, como se ele estivesse no ambiente. É horrível, acho que devo estar louca.

— Se você estivesse louca — disse o jovem —, pensaria que está sã. Mas me parece haver algo realmente estranho a respeito desse cavalheiro invisível. Duas cabeças pensam melhor do que uma. Eu a poupo de alusões a quaisquer outros órgãos e, na verdade, se me permitir, como um homem vigoroso e prático, trazer de volta o bolo de casamento da vitrine...

Enquanto ele falava, ouviu-se um guincho metálico na rua e um veículo com velocidade diabólica estacionou na porta da loja. No mesmo instante, um homenzinho de cartola brilhante entrou com passos firmes.

Angus, que até então mantivera a tranquilidade por motivos de higiene mental, revelou a tensão de sua alma ao sair e confrontar o recém-chegado. Um olhar foi o suficiente para confirmar a paixão do homem. Aquela figura elegante e parecida com um anão empinava a barba preta de maneira insolente. Com olhos inteligentes e inquietos, dedos elegantes, mas muito nervosos, não poderia ser outro senão Isidore Smythe, o homem das bonecas de cascas de banana e caixas de fósforos; Isidore Smythe, que ganhava milhões com mordomos que não bebiam e criadas que não flertavam. Por um momento, os dois homens se entreolharam com a curiosa frieza da rivalidade.

O Senhor Smythe não mencionou o motivo do antagonismo, mas disse de forma explosiva:

— A Senhorita Hope viu aquela coisa na vitrine?

— Na vitrine? — repetiu Angus, o encarando.

— Não há tempo para explicar — disse o pequeno milionário. — Há alguma bobagem acontecendo aqui que precisa ser investigada.

Ele apontou a bengala lustrosa para a vitrine esvaziada pelo Senhor Angus e o cavalheiro se surpreendeu ao ver uma longa tira de papel que não estava colada no vidro antes. Seguindo o enérgico Smythe, um metro e meio de papel de selo havia sido colado no vidro externo, no qual estava escrito: "Se você se casar com Smythe, ele morrerá".

— Laura — disse Angus, enfiando cabeça ruiva na loja —, você não está louca!

— É a letra daquele sujeito, Welkin — disse Smythe, rispidamente. — Faz anos que não o vejo, mas está sempre me incomodando. Quinze dias atrás, ele mandou cinco cartas ameaçadoras para o meu apartamento e eu não consigo nem descobrir quem as deixou, muito menos se foi o próprio Welkin. O porteiro do prédio jura que nenhum suspeito foi visto, mas cá está ele, colando uma espécie de ameaça na vitrine, enquanto as pessoas dentro da loja…

— Exatamente — falou Angus em tom moderado —, enquanto as pessoas dentro da loja tomavam chá. Bem, senhor, lhe asseguro que aprecio seu bom senso em lidar tão diretamente com o problema. Podemos conversar sobre outras coisas depois. O sujeito não deve estar longe, pois juro que não havia nenhum papel ali quando passei pela vitrine, dez ou quinze minutos atrás. Por outro lado, ele já está muito longe para ser perseguido, já que não sabemos em que direção foi. Se me cabe um conselho, Senhor Smythe, o senhor deveria chamar um investigador particular ao invés de um público. Eu conheço um sujeito inteligente que montou um negócio a cinco minutos daqui, indo no seu carro. O nome dele é Flambeau e, embora tenha tido uma juventude turbulenta, é um homem honesto agora e seu cérebro vale muito dinheiro. Ele mora nas Mansões Lucknow, em Hampstead.

— Que estranho — disse o homenzinho, arqueando as sobrancelhas pretas. — Eu mesmo moro nas Mansões Himylaya, virando a esquina. Talvez o senhor queira vir comigo. Posso ir ao meu apartamento e organizar esses documentos enviados por Welkin, enquanto o senhor corre para chamar seu amigo, o detetive.

— O senhor é muito bom — falou Angus educadamente. — Bem, quanto mais cedo agirmos, melhor.

Os dois homens, com uma imparcialidade improvisada, se despediram da moça com o mesmo gesto formal e pularam no carrinho veloz. Quando Smythe pegou o volante e viraram a grande esquina da rua, Angus se divertiu ao ver um pôster de "Serviço Silencioso do Smythe", com a imagem de uma enorme boneca de ferro sem cabeça que carregava uma panela, seguida pela legenda "Uma cozinheira que nunca engana".

— Eu os uso em meu próprio apartamento — disse o homenzinho de barba preta, rindo —, em parte como propaganda, em parte por conveniência. Honestamente, minhas bonecas mecânicas trazem carvão, vinho tinto ou uma agenda mais rápido do que qualquer criado, isso se a pessoa souber qual botão apertar. Mas nunca vou negar, cá entre nós, que tais criados também têm suas desvantagens.

— Sério? — falou Angus. — Há algo que eles não conseguem fazer?

— Sim — respondeu Smythe friamente. — Eles não conseguem me dizer quem deixou aquelas cartas ameaçadoras em meu apartamento.

O carro era pequeno e rápido como o motorista; na verdade, assim como o próprio serviço doméstico, também tinha sido inventado por Smythe. Se ele era um charlatão da publicidade, era um charlatão que acreditava nos próprios produtos. A sensação de algo minúsculo que voava se acentuava conforme fazia longas curvas e a noite caía. Em pouco tempo, as curvas brancas ficaram mais nítidas, vertiginosas, em espirais ascendentes, como dizem nas religiões modernas. Os dois estavam chegando ao topo de uma esquina de Londres tão íngreme quanto Edimburgo, ainda que menos pitoresca. Um atrás do outro, prédios se erguiam no declive e a torre de apartamentos que procuravam se levantava acima das demais, alcançando uma altura quase egípcia, iluminada pelo tom dourado do crepúsculo. A mudança, quando dobraram a esquina e entraram na meia-lua conhecida como Mansões Himylaya, foi tão abrupta quanto abrir uma janela, pois os apartamentos pareciam empilhados acima de Londres, como se estivessem sobre um mar verde de ardósia. Diante das mansões, havia um terreno cercado por arbustos e, pouco abaixo, um canal cujas águas formavam um fosso ao redor da fortaleza. O carro contornou a meia-lua de cascalho, passou por uma barraca de castanhas na esquina e, na outra extremidade da curva, Angus viu o azul difuso de um policial que caminhava. Essas eram as únicas silhuetas naquela grande solidão suburbana, mas ele teve a sensação de que expressavam a poesia silenciosa de Londres, como se fossem ilustrações em uma história.

O carro disparou como um canhão e ejetou Smythe em frente à casa certa. Ele perguntou ao porteiro, que vestia um uniforme adornado, e a um carregador se alguém estivera procurando por ele em seu apartamento. Garantiram que ninguém nem nada havia passado por eles desde a última vez que Smythe perguntou. Então, ele e o perplexo Angus entraram no elevador, que disparou como um foguete até a cobertura.

— Entre um minutinho — Smythe disse, sem fôlego. — Quero lhe mostrar as cartas de Welkin. Depois, o senhor pode correr até a esquina para buscar seu amigo detetive.

Ele apertou um botão escondido na parede e a porta se abriu sozinha para uma antessala espaçosa onde se enfileiravam figuras mecânicas de aspecto semi-humano, paradas como manequins. Elas não tinham cabeça nem muita similaridade com uma pessoa, mas os ganchos que substituíam os braços serviam para carregar bandejas. As cores variavam entre verde-ervilha, vermelhão ou preto para facilitar a distinção; contudo, em todos os outros aspectos, eram apenas autômatos para os quais ninguém olharia duas vezes. Nesse momento, pelo menos, ninguém olhou, afinal, entre as duas fileiras desses manequins domésticos, havia algo mais interessante:

um papel branco esfarrapado e rabiscado com tinta vermelha. Smythe o agarrou quase no mesmo instante em que a porta abriu. Ele entregou o papel para Angus sem dizer uma palavra. A tinta vermelha ainda não havia secado e a mensagem dizia: "Se você foi vê-la hoje, eu vou matá-lo".

Após um breve silêncio, Isidore Smythe falou baixinho:

— Quer um pouco de uísque? Eu acho que preciso.

— Obrigado, gostaria de uma dose do Flambeau — Angus disse, com um tom triste. — Esse assunto está ficando sério. Vou buscar meu amigo imediatamente.

— Tem razão — o outro homem falou, com uma alegria admirável. — Traga-o aqui o mais rápido possível.

Mas assim que Angus fechou a porta ao sair, viu Smythe apertar um botão. Um dos autômatos deslizou ao longo de uma ranhura no chão, carregando uma bandeja com sifão e decantador. Foi estranho deixar o homenzinho entre criados mortos que voltavam à vida enquanto a passagem se fechava.

Seis degraus abaixo, o carregador que encontraram na portaria fazia alguma coisa com um balde. Angus parou para suborná-lo e garantir que o sujeito permaneceria ali até que ele voltasse com o detetive. E também para ele ficar de olho em qualquer estranho que subisse aquela escada. Disparando para o corredor da frente, Angus impôs a mesma vigilância ao porteiro, com quem se informou sobre a inexistência de uma porta dos fundos. Descontente, Angus abordou o policial e o convenceu a ficar de vigia na entrada. Finalmente, fez uma pausa para comprar castanhas e perguntou ao comerciante quanto tempo ele ficaria na vizinhança.

Levantando a gola do casaco, o vendedor de castanhas disse que iria embora em breve, pois achava que ia nevar. De fato, a noite amargava em um tom cinza, mas a eloquência de Angus tentava persuadi-lo a ficar.

— Mantenha-se aquecido com suas castanhas — disse ele com seriedade. — Coma todo o estoque, vou fazer valer a pena. Eu lhe darei um soberano[1] se você esperar até eu voltar e me informar se um homem, uma mulher ou uma criança entrou naquela casa.

Angus, então, se afastou, dando uma última olhada para a torre sitiada.

— De uma forma ou de outra, cerquei aquela sala — disse ele. — Os quatro não podem ser cúmplices do Senhor Welkin.

---

1. Moeda de ouro inglesa que vale uma libra esterlina. (N. do T.)

As Mansões Lucknow ficavam abaixo da colina de casas da qual as Mansões Himylaya poderiam ser chamadas de pico. O apartamento semioficial do Detetive Flambeau ficava no térreo e apresentava um contraste com a maquinaria americana e a frieza luxuosa do apartamento do Serviço Silencioso. O Senhor Flambeau recebeu o amigo Angus em um refúgio artístico estilo rococó atrás de seu escritório, e ele era decorado com sabres, arcabuzes, frascos de vinho italiano, um gato persa e um padre que parecia especialmente deslocado.

— Este é o meu amigo Padre Brown — disse Flambeau. — Sempre quis que você o conhecesse. O clima está esplêndido, mas um pouco frio para sulistas como eu.

— Sim, acho que o céu ficará limpo — falou Angus ao se sentar em uma poltrona oriental com listras violetas.

— Não — disse o padre em voz baixa —, começou a nevar.

Escurecia e, de fato, os primeiros flocos, previstos pelo homem das castanhas, começaram a passar pelo vidro da janela.

— Bem — falou Angus em tom grave —, infelizmente, vim a negócios e é um caso bastante preocupante. O fato é, Flambeau, que há um sujeito pertinho de sua casa que precisa desesperadamente de sua ajuda; ele está sendo perseguido e ameaçado por um inimigo invisível, um canalha que ninguém sequer enxerga.

Enquanto Angus falava de Smythe e Welkin, começando pela história de Laura sobre a risada sobrenatural nas esquinas de duas ruas vazias, as palavras estranhas ditas em um cômodo vazio, Flambeau ficou cada vez mais preocupado e deixou o padre de lado, como um móvel velho e sem utilidade. Quando a narrativa chegou ao aviso na vitrine da confeitaria, Flambeau se levantou e pareceu preencher a sala com seus ombros enormes.

— Se não se importa — disse ele —, acho melhor me contar o resto a caminho da casa desse homem. Tenho a impressão de que não há tempo a perder.

— Maravilha — falou Angus se levantando —, embora ele esteja seguro, por enquanto, pois coloquei quatro homens para vigiar o único buraco de sua toca.

Eles saíram e o padre os seguiu, dócil como um cachorrinho. Ele apenas disse, de maneira alegre, como quem está puxando conversa:

— Como a neve fica alta no chão rapidamente!

Enquanto caminhavam pelas ruas íngremes polvilhadas de prata, Angus terminou a história. Quando os três chegaram à meia-lua diante dos apartamentos, ele voltou sua atenção aos quatro sentinelas. O vendedor de castanhas jurou ter vigiado a porta e não ter visto nenhum visitante. O policial foi mais enfático, dizendo que tinha experiência com vigaristas de todos os tipos, e deu sua palavra de que não vira ninguém. Quando Flambeau, o padre e Angus se reuniram com o porteiro, ele ainda sorria e guardava a varanda. O veredicto foi ainda mais definitivo.

— Tenho permissão para perguntar a qualquer homem, duque ou lixeiro o que ele quer neste prédio — disse o enorme porteiro ornado com ouro. — Juro que não houve ninguém a quem abordar desde que esse cavalheiro foi embora.

O insignificante Padre Brown se aventurou a dizer nesse momento:

— Ninguém subiu nem desceu as escadas, então, desde que a neve começou a cair? Ela começou enquanto estávamos na casa do Flambeau.

— Ninguém esteve aqui, senhor, acredite em mim — falou o funcionário, com ar radiante de autoridade.

— Então, eu me pergunto: o que é isso? — disse o padre e olhou fixamente para o chão com a expressão vazia de um peixe.

Os outros seguiram o olhar do padre e Flambeau usou uma exclamação raivosa e um gesto francês no meio da entrada que o porteiro deveria vigiar. Na verdade, entre as pernas esticadas daquele colosso arrogante, eles encontraram uma fila de pegadas estampadas na neve.

— Meu Deus! — gritou Angus. — O Homem Invisível!

Sem outra palavra, Angus disparou escada acima e foi seguido por Flambeau. O Padre Brown continuou na rua coberta de neve, como se tivesse perdido o interesse na própria pergunta.

Flambeau tinha vontade de usar os ombros para quebrar a porta, mas Angus, com mais razão do que intuição, remexeu no batente até encontrar o botão invisível. A passagem se abriu lentamente.

Encontrou o mesmo interior. O salão estava mais escuro, embora o carmesim dos últimos raios do crepúsculo marcasse alguns pontos. Uma ou duas máquinas sem cabeça tinham sido mudadas de lugar para cumprir alguma tarefa. O verde e o vermelho dos casacos escureceram por causa do anoitecer, que agora aumentava a semelhança das máquinas com as formas humanas. Mas no meio dos autômatos, exatamente onde esteve o papel com a mensagem, havia alguma coisa que parecia tinta vermelha derramada do frasco.

Mas não era tinta vermelha.

Combinando compreensão e violência, Flambeau disse "Assassinato!" e, após mergulhar no apartamento, explorou todos os cantos e armários em cinco minutos. Se ele esperava encontrar um cadáver, não encontrou nenhum. Isidore Smythe não estava nem morto nem vivo no local. Depois da busca, os dois homens se encontraram no corredor, com rostos suados e olhares estarrecidos.

— Meu amigo — disse Flambeau, em francês —, seu assassino não é apenas invisível; ele torna invisível também o assassinado.

Angus olhou para a escuridão povoada por manequins e, em algum canto celta de sua alma escocesa, sentiu um arrepio. Uma das bonecas fazia sombra sobre a mancha de sangue criada, talvez, pelo homem morto antes de cair. Um dos ganchos, que serviam como braços, estava ligeiramente erguido. Angus teve a visão horrível de que o pobre Smythe havia sido golpeado por seu filho de ferro. A matéria das máquinas se rebelou contra o mestre. Mas o que fizeram com ele?

"Ele foi devorado?", disse o pesadelo nos ouvidos de Angus, que ficou enjoado com a ideia de pedaços humanos sendo absorvidos e esmagados por aqueles mecanismos acéfalos.

Respirando fundo, recuperou a saúde mental e disse a Flambeau:

— Bem, aí está! O pobre sujeito evaporou como uma nuvem e deixou uma mancha vermelha no chão. A história não pertence a este mundo.

— Há apenas uma coisa a ser feita — falou Flambeau —, quer a história pertença a este ou a outro mundo. Tenho que descer e falar com meu amigo.

Eles desceram e passaram pelo homem com o balde e ele novamente afirmou não ter deixado nenhum intruso passar. Depois, foram falar com o porteiro e com o homem das castanhas, e eles reafirmaram a própria vigilância. Mas quando Angus olhou em volta em busca da quarta confirmação, gritou, com nervosismo:

— Onde está o policial?

— Desculpe — disse o Padre Brown. — A culpa é minha. Acabei de mandá-lo investigar algo rua abaixo... algo que valia a pena investigar.

— Bem, nós queremos que ele volte em breve — falou Angus —, o pobre homem lá em cima não apenas foi assassinado, mas exterminado.

— Como? — perguntou o padre.

— Padre — disse Flambeau, após uma pausa —, pela minha alma, acredito que o caso seja mais do seu departamento do que do meu. Nenhum amigo ou inimigo entrou na casa, mas Smythe se foi, como se tivesse sido sequestrado por fadas. Se isso não for sobrenatural, eu...

Enquanto Flambeau falava, todos viram o policial dobrar a esquina da meia-lua, correndo. Ele veio direto falar com Brown.

— O senhor está certo — ofegou o homem. — Acabaram de encontrar o corpo do Senhor Smythe no canal lá embaixo.

Angus levou a mão à cabeça.

— Ele correu e se afogou? — perguntou.

— O Senhor Smythe nunca desceu, juro — afirmou o policial —, e também não se afogou, pois foi esfaqueado no coração.

— E ainda assim o senhor não viu ninguém entrar? — disse Flambeau, com uma voz séria.

— Vamos descer um pouco a rua — falou o padre.

Quando chegaram ao outro lado da meia-lua, ele comentou, de repente:

— Que estupidez da minha parte! Esqueci de perguntar uma coisa ao policial. Será que eles encontraram um saco marrom-claro?

— Por que um saco marrom-claro? — indagou Angus, surpreso.

— Porque se for outro saco, de uma cor qualquer, o caso tem que recomeçar — explicou o Padre Brown. — Mas se for um saco marrom-claro, o caso está encerrado.

— Fico contente em ouvir isso — disse Angus, com ironia sincera. — O caso ainda não começou, no que me diz respeito.

— O senhor tem que nos contar tudo a respeito disso — Flambeau disse com a simplicidade de uma criança.

Inconscientemente, eles descem a passos rápidos a longa curva do outro lado da meia-lua. Padre Brown seguia na frente, em silêncio. Por fim, ele disse com uma falta de clareza quase comovente:

— Os senhores vão achar o caso muito prosaico. Sempre começamos no final abstrato das coisas e não é possível começar essa história em qualquer outro lugar.

"Já perceberam que as pessoas nunca respondem à pergunta, mas sim à intenção de quem pergunta ou do que acham que seja a intenção? Suponha que uma senhora diga para outra em uma casa de campo: 'Tem alguém morando na casa com vocês?'. A senhora não responde 'Sim, o mordomo, os três lacaios, a copeira, e assim por diante', embora esses funcionários possam estar na mesma casa. Ela diz 'Não há ninguém conosco', ou seja, ninguém na intenção da pergunta. Mas suponha que um médico indague essa mesma senhora a respeito de uma epidemia: 'Quem mora na casa?'; então, ela se lembrará dos funcionários. Toda a linguagem é usada de forma que uma pergunta nunca seja respondida literalmente, mesmo quando a resposta é sincera. Quando aqueles quatro homens disseram que nenhum homem havia entrado nas mansões, a intenção *realmente* não foi dizer que nenhum homem havia entrado. A intenção foi dizer que nenhum homem que eles poderiam achar que era o suspeito. Um homem entrou na casa e saiu das mansões, mas eles nunca o notaram."

— Um homem invisível? — perguntou Angus, erguendo as sobrancelhas.

— Um homem mentalmente invisível — respondeu o Padre Brown.

Um ou dois minutos depois, ele recomeçou a falar com a mesma voz despretensiosa.

— Claro que não se pode imaginar um homem como esse até que se pense realmente que ele existe. É aí que entra a inteligência do sujeito. Eu pensei nele por causa de dois ou três pequenos detalhes na história que o Senhor Angus nos contou. Primeiro, havia o fato de que este tal de Welkin fazia longas caminhadas. E também a grande quantidade de papel colada na vitrine. E, acima de tudo, havia duas coisas que a jovem Laura disse que não podiam ser verdade. Não fique chateado — acrescentou o padre, ao notar um movimento da cabeça no escocês. — Ela pensava que as afirmações eram verdadeiras. Uma pessoa não consegue ficar sozinha segundos antes de receber uma carta. Ela não pode ter ficado completamente sozinha na rua ao começar a ler a carta que havia acabado de receber. Devia haver alguém perto da jovem e esse alguém deve ser mentalmente invisível.

— Por que devia haver alguém perto de Laura? — perguntou Angus.

— Porque — disse o Padre Brown —, tirando os pombos-correio, alguém deve ter levado a carta para a jovem.

— O senhor realmente quer dizer — perguntou Flambeau — que Welkin levou as cartas do rival para sua paixão?

— Sim — respondeu o padre. — Welkin levou as cartas do rival para sua paixão. Veja bem, ele tinha que fazer isso.

— Ah, não aguento muito mais essa história — explodiu Flambeau. — Quem é esse sujeito? Como ele é? Qual é o vestuário normal de um homem mentalmente invisível?

— Ele está muito bem vestido em vermelho, azul e dourado — respondeu o sacerdote prontamente e com precisão —, e com essa roupa impressionante e até mesmo vistosa, o homem entrou nas Mansões Himylaya sob oito olhos humanos, matou Smythe a sangue frio e desceu para a rua com o cadáver nos braços...

— Padre! — exclamou Angus, imóvel. — O senhor está delirando ou sou eu que estou?

— O senhor não está delirando — disse Brown —, só está um pouco desatento. O senhor não notou um homem como este, por exemplo.

O padre deu três passos rápidos e colocou a mão no ombro de um carteiro que tinha acabado de passar despercebido por eles.

— Ninguém nunca nota os carteiros — falou ele, pensativo. — Ainda assim, eles sentem paixões como qualquer pessoa e até carregam bolsas grandes onde um pequeno cadáver poderia ser guardado com facilidade.

O carteiro, em vez de se virar, se abaixou e cambaleou contra a cerca do jardim. Ele era magro, de barba clara e aparência muito comum, mas ao virar o rosto assustado, os três homens encararam um estrabismo quase diabólico.

Flambeau tinha coisas a fazer e voltou aos seus sabres, tapetes e gato persa. John Turnbull Angus voltou para a moça da confeitaria com quem planejava ficar extremamente à vontade, mas o Padre Brown caminhou horas pelas colinas cobertas de neve, sob a luz das estrelas, ao lado de um assassino.

E nunca saberemos o que disseram um ao outro.

Wilkie Collins

A HISTÓRIA DO VIAJANTE A RESPEITO DE UMA CAMA ESTRANHAMENTE RUIM

1852

Após terminar minha faculdade, acabei ficando em Paris com um amigo inglês. Na época, éramos jovens e vivíamos a agitação da encantadora cidade. Certa noite, vagávamos pelas cercanias do Palais Royal sem saber que tipo de diversão escolher em seguida. Meu amigo propôs uma visita ao Frascati's, mas a sugestão não me agradou. Eu conhecia o estabelecimento de cor. Havia perdido e ganhado moedas de cinco francos por lá apenas por diversão, até que deixou de ser diversão e fiquei cansado daquele comportamento respeitável no cassino.

— Pelo amor de Deus — falei ao meu amigo —, vamos a um lugar onde possamos ver um jogo verdadeiro, infame, pobre e sem confeitos jogados por cima. Vamos sair do elegante Frascati's para uma casa que não se importa em deixar entrar um homem com um casaco esfarrapado ou um homem sem casaco, esfarrapado ou não.

— Muito bem — disse meu amigo —, não precisamos sair do Palais Royal para encontrar esse tipo de estabelecimento. Aqui está o lugar, bem diante de nós: um lugar infame, segundo todos os relatos, como você deseja.

No minuto seguinte, chegamos à porta e entramos na casa, cujos fundos o senhor desenhou em seu esboço.

Quando subimos e deixamos nossos chapéus e nossas bengalas com o porteiro, tivemos a entrada liberada no salão de jogos principal. Não encontramos muitas pessoas reunidas ali, mas, apesar de poucos homens olharem para nós quando entramos, eles eram de todos os tipos em suas respectivas classes.

Tínhamos vindo para ver gente infame, mas esses homens eram algo pior. Há um lado cômico, mais ou menos apreciável, em toda infâmia, embora aqui nada fosse além de tragédia — tragédia muda, estranha. O silêncio no ambiente era horrível. O jovem magro, abatido e de cabelos compridos, cujos olhos fundos observavam ferozmente a virada das cartas, nunca falou; o jogador flácido e espinhento, que furava seu cartão de jogo para registrar a frequência em que preto e vermelho ganhavam, nunca falou; o velho sujo, com olhar de urubu e casacão remendado, que perdera os últimos trocados e não podia mais jogar, nunca falou. Até a voz do crupiê soava entorpecida e encorpada pelo clima do ambiente. Eu tinha entrado no local para rir, mas o espetáculo era de chorar. Logo, achei necessário me refugiar da depressão que se apossava de mim. Infelizmente, busquei a diversão na mesa mais próxima e comecei a jogar. Ainda mais infeliz, como o evento mostrará, eu ganhei tantas vezes que os jogadores à mesa se aglomeraram para olhar meu dinheiro com olhos famintos e supersticiosos, sussurrando uns para os outros que o forasteiro inglês quebraria a banca.

Eu já havia jogado *Rouge et Noir*[1] em todas as cidades da Europa; no entanto, sem o cuidado ou o desejo de estudar a Teoria das Chances, a pedra filosofal dos jogadores! E nunca fui um jogador no sentido estrito da palavra e, além disso, evitava fervorosamente a paixão corrosiva pela jogatina. Para mim, era uma diversão ociosa, jamais recorria a ela por necessidade, pois nunca fui ambicioso. Nunca apostei a ponto de perder mais do que poderia pagar ou ganhar mais do que permitia minha sorte. Em suma, eu frequentava mesas de jogo — assim como frequentava salões de baile e óperas — porque me divertiam e não tinha nada melhor para fazer.

Mas naquela ocasião foi diferente: pela primeira vez na vida, eu sentia realmente a paixão pelo jogo. Meu sucesso primeiro me deixou perplexo e, depois, no sentido mais literal da palavra, embriagado. Por incrível que pareça, só perdi quando tentei estimar as chances e joguei de acordo com cálculos anteriores. Se deixasse tudo a cargo da sorte e apostasse sem cuidado, eu certamente venceria — apesar de todas as probabilidades a favor da banca. De início, alguns dos homens arriscaram dinheiro com segurança na minha cor, mas aumentei minhas apostas para somas que eles não ousavam arriscar. Um atrás do outro, pararam de jogar e olharam ansiosamente para o meu jogo.

Mesmo assim, apostei repetidas vezes, cada vez mais alto, e ganhei. A empolgação no ambiente atingiu o ápice. O silêncio era interrompido por um coro de murmúrios e xingamentos em línguas diferentes toda vez que empurravam o ouro para o meu lado da mesa — até o inabalável crupiê ficou furioso e jogou o rodo no chão diante do meu sucesso. Porém, um homem preservou o autocontrole e ele era o meu amigo. Ele veio sussurrar em inglês, implorando para que eu fosse embora com o que já havia ganhado. Devo ser justo ao dizer que o meu amigo suplicou várias vezes e só me deixou depois que rejeitei seu conselho (eu estava, para todos os efeitos, embriagado pelo jogo).

Pouco depois de meu amigo ter partido, uma voz rouca atrás de mim exclamou:

— Permita-me, caro senhor, permita-me devolver dois napoleões que deixou cair. Que sorte maravilhosa, senhor! Juro pela minha honra de velho soldado que,

---

1. "Vermelho e Preto", também conhecido como Trente et Quarante ("Trinta e Quarenta"), é um jogo de origem francesa muito encontrado em cassinos europeus, jogado com cartas e uma mesa especial. Tem muitas similaridades com o Bacará. É pouco encontrado nos cassinos norte-americanos. (N. do T.)

no decorrer de minha longa experiência, nunca vi tanta sorte como a sua. Nunca! Continue, senhor! *Sacre mille bombes!*[2] Vá em frente com ousadia e quebre a banca!

Virei-me e vi, acenando e sorrindo para mim, com cortesia crônica, um homem alto, vestindo uma sobrecasaca com fitas e galões.

Se eu estivesse com os sentidos sob controle, deveria considerar aquele velho soldado bastante suspeito. O homem tinha olhos grandes e fundos, bigodes sarnentos e o nariz quebrado. Sua voz revelou uma entonação de quartel da pior espécie, e suas mãos eram as mais sujas que já vi — até mesmo na França. No entanto, essas peculiaridades não exerceram nenhuma repulsão em mim. Na empolgação do triunfo imprudente daquele momento, eu estava pronto para "confraternizar" com qualquer um que me encorajasse. Aceitei a pitada de rapé oferecida pelo velho soldado, dei um tapinha em suas costas e jurei que ele era o sujeito mais honesto do mundo — a relíquia mais gloriosa do Grande Exército.

— Continue! — exclamou meu amigo militar, estalando os dedos em êxtase. — Vá em frente e vença! Quebre a banca! *Mille tonnerres!*[3] Meu galante camarada inglês, quebre a banca!

E eu *realmente* continuei... continuei ganhando tantas vezes que, em determinado momento, o crupiê gritou:

— Senhores, a banca encerrou pela noite de hoje.

Todas as notas e todo o ouro daquela "banca" agora se amontoavam sob minhas mãos. O capital flutuante do cassino esperava para ser derramado em meus bolsos!

— Amarre o dinheiro em seu lenço de bolso, meu consagrado — disse o velho soldado, enquanto eu enfiava loucamente as mãos em meu monte de ouro. — Amarre isso como costumávamos guardar um pouco de jantar no Grande Exército. Seus ganhos são muito pesados para quaisquer bolsos costurados no mundo. Isso aí! É isso mesmo. Enfie os ganhos, com notas e tudo! *Credie!*[4] Que sorte! Pare! Outro napoleão no chão! Ah! *Sacre petit polisson de Napoleon!*[5] Será que eu finalmente te encontrei? Agora, então, senhor, nós duplos apertados em cada sentido, com sua permissão honrosa, e o dinheiro está seguro. Sinta! Sinta, senhor afortunado! Duro e redondo como uma bala de canhão. *Ah, bah!* Se ao menos eles tivessem apenas

---

2. Expressão de empolgação. Em francês no original. (N. do T.)

3. "Com mil raios!" Em francês no original. (N. do T.)

4. "Incrível!" Em francês no original. (N. do T.)

5. "Que traquinas esse napoleãozinho!" (N. do T.)

disparado balas de canhão assim contra nós em Austerlitz. *Nom d'une pipe!*[6] Se ao menos tivessem! E, agora, como um antigo granadeiro, como um ex-combatente do exército francês, o que me resta fazer? Implorar ao meu estimado amigo inglês que beba uma garrafa de champanhe comigo e brinde à deusa Sorte antes de cada um seguir seu caminho!

Excelente ex-combatente! Velho granadeiro festivo! Champanhe, sem dúvida! Um brinde a um velho soldado! Viva! Viva! Outro brinde à deusa Sorte! Viva! Viva! Viva!

— Bravo! O inglês, o inglês amável e benevolente, em cujas veias circula o sangue vivaz da França! Outro copo? *Ah, bah!* A garrafa está vazia! Deixa para lá! *Vive le vin!*[7] Eu, o velho soldado, peço outra garrafa e 200 gramas de bombons com ela!

— Não, não, ex-combatente; nunca... velho granadeiro! *Sua* garrafa da última vez; *minha* garrafa dessa vez. Veja! Brinde! Ao exército francês! Ao grande Napoleão! À companhia presente! Ao crupiê! À esposa e às filhas do crupiê honesto... se ele tiver alguma! Às mulheres em geral! A todo mundo no mundo!

Quando a segunda garrafa de champanhe ficou vazia, senti como se tivesse bebido fogo líquido — meu cérebro parecia em chamas. Nenhum excesso de vinho tivera esse efeito em mim antes. Será que foi o resultado de um estimulante em meu sistema quando eu estava animado? Será que meu estômago estava desarranjado? Ou o champanhe era incrivelmente forte?

— Ex-combatente do Exército Francês! — gritei, louco de alegria. — *Eu* estou pegando fogo! Como você *está*? Você tacou fogo em mim! Está ouvindo, meu herói de Austerlitz? Vamos tomar uma terceira garrafa de champanhe para apagar a chama!

O velho soldado balançou a cabeça, revirou os olhos arregalados até sair das órbitas, colocou o dedo indicador sujo ao lado do nariz quebrado, proferiu "café!", e correu para uma sala interna.

A palavra proferida pelo veterano excêntrico pareceu exercer um efeito mágico no resto dos presentes. Na mesma hora, todos se levantaram para sair. Provavelmente, esperavam lucrar com minha embriaguez, mas descobri que meu novo amigo, movido pela benevolência, queria me impedir de ficar bêbado como um gambá e desistira de prosperar em cima dos meus ganhos. Não sei por que, todos foram embora. Quando o velho soldado se sentou novamente do lado oposto da mesa, o salão

---

6. Expressão arcaica para "maldição", "diabos". Em francês no original. (N. do T.)

7. "Viva o vinho!" Em francês no original. (N. do T.)

era só nosso. Vi o crupiê jantando, dentro de uma espécie de vestíbulo. O silêncio agora era mais profundo do que nunca.

Uma mudança também ocorreu no "ex-combatente". Ele assumiu uma aparência solene e, quando falou comigo, as palavras não foram enfeitadas por juramentos ou reforçadas com um estalar de dedos.

— Ouça, meu caro senhor — disse o francês, em tom de segredo. — Ouça o conselho de um velho soldado. Fui ver a dona do estabelecimento (uma mulher muito charmosa, com talento para a culinária!) para convencê-la da necessidade de nos preparar um café especialmente forte. O senhor tem que beber esse café para se livrar de sua empolgação antes de pensar em voltar para casa. O senhor *tem* que fazer isso, meu bom e generoso amigo! Com todo esse dinheiro, é um dever que mantenha o controle sobre a consciência. O senhor é conhecido como um vencedor por vários cavalheiros presentes aqui esta noite, e eles, de certo ponto de vista, são sujeitos muito dignos e excelentes; mas eles são mortais, meu caro senhor, e têm suas amáveis fraquezas. Preciso dizer mais? Mande chamar um cabriolé quando se sentir bem, feche as janelas quando entrar nele e diga ao motorista para levá-lo apenas por ruas largas e bem iluminadas. Faça isso e o senhor e o dinheiro estarão seguros. Faça isso e amanhã agradecerá a um velho soldado pelo conselho honesto.

No momento em que o ex-combatente terminava o discurso em tons lacrimosos, entrou o café servido em duas xícaras. Meu atencioso amigo me entregou uma delas com uma reverência. Eu estava morrendo de sede e bebi de um gole só. Poucos instantes depois, tive um ataque de tontura e me senti mais embriagado do que nunca. A sala girava e o velho soldado balançava como o pistão de um motor a vapor. Eu estava meio surdo por causa de uma cantoria violenta nos ouvidos e uma sensação de impotência e idiotice me dominou. Levantei-me da cadeira e me segurei à mesa para manter o equilíbrio. Gaguejei que me sentia mal — tão mal que não sabia como voltar para casa.

— Meu caro amigo — respondeu o velho soldado, e até a voz dele parecia balançar enquanto falava —, seria loucura voltar para casa *nesse* estado. Com certeza o senhor perderia seu dinheiro, pois pode ser roubado e assassinado. *Eu* vou dormir aqui, durma o *senhor* aqui também. Eles oferecem camas neste estabelecimento. Pegue uma, durma até que passem os efeitos e volte em segurança com seus ganhos em plena luz do dia.

Só me restavam duas ideias: uma, que nunca largaria o lenço cheio de dinheiro; a outra, que deveria deitar e cair em sono confortável. Assim, concordei com a proposta de dormir no local e peguei o braço do velho soldado, carregando o dinheiro com a mão livre. Precedidos pelo crupiê, passamos pelos corredores e subimos um lance de escada para o quarto. O ex-combatente apertou calorosamente a minha mão, propôs que tomássemos o café da manhã e, depois, seguido pelo crupiê, fôssemos embora.

Corri ao lavatório, bebi um pouco da água da jarra e mergulhei o rosto nela. Depois, sentei em uma cadeira e tentei me recompor. Logo me senti melhor. A mudança da atmosfera fétida do salão de jogos para o apartamento foi revigorante aos meus pulmões, assim como o brilho das velas foi para meus olhos, que se livraram das luzes e dos gases do "*salon*"[8]. A tontura foi embora e comecei a me sentir racional novamente. Meu primeiro pensamento foi sobre o risco de dormir em um cassino; o segundo, sobre o risco, ainda maior, de tentar sair depois que o cassino fechou e ter de voltar para casa com uma grande soma em dinheiro, vagando sozinho pelas ruas de Paris. Como tinha dormido em lugares piores em minhas viagens, decidi trancar o ferrolho e barricar a porta até a manhã seguinte.

Da mesma forma, olhei debaixo da cama e dentro do armário, testei o fecho da janela e, então, satisfeito pelas precauções, tirei a roupa de cima, coloquei a luz fraca, dentro da lareira, entre uma camada fina de cinzas de madeira, e me deitei com o lenço cheio de dinheiro sob o travesseiro.

Logo senti que não conseguiria dormir nem fechar os olhos. Estava bem acordado e com febre alta. Cada nervo do meu corpo tremia — cada um dos meus sentidos parecia aguçado. Fiquei rolando e me remexendo, insisti em procurar os cantos frios da cama — em vão.

O que eu poderia fazer? Não tinha nenhum livro para ler. A menos que descobrisse alguma distração, tinha certeza de que estava em condições de imaginar todos os tipos de horrores, de me atormentar com presságios sobre perigos possíveis e impossíveis, em suma, de passar a noite sofrendo todas as variedades de terror.

Fiquei apoiado no cotovelo e olhei o quarto — iluminado pelo luar que entrava pela janela — para ver se continha algum quadro ou enfeites que eu pudesse distinguir. Enquanto os olhos vagavam pelas paredes, me lembrei do livrinho encantador de Le Maistre, *Voyage autour de ma chambre*[9]. Resolvi imitar o autor francês e encontrar ocupação e diversão para aliviar o tédio da insônia, fazendo um inventário mental de cada peça de mobília, seguindo a variedade de associações que até mesmo uma cadeira, uma mesa ou um pedestal de lavatório pudessem provocar.

---

8. "Sala de estar", "salão". Em francês no original. (N. do T.)
9. *Viagem ao redor do meu quarto*, escrito por Xavier de Maistre em 1794. A obra ironiza os grandes relatos de aventura, mostrando que é possível viajar pelo mundo inteiro sem sair do próprio quarto. (N. do T.)

Nervoso e inquieto, achei mais fácil fazer o inventário do que reflexões e logo abri mão da esperança em seguir o raciocínio fantasioso de Le Maistre — na verdade, abri mão de sequer pensar. Olhei para a mobília ao redor do quarto e não fiz mais nada.

Havia, primeiro, a cama de dossel — dentre todas as coisas no mundo para encontrar em Paris —, sim, uma cama de dossel britânica desajeitada, com a parte superior forrada de chita, uma saia franjada em volta, as cortinas sufocantes e insalubres que fizeram eu me lembrar de tê-las recolhido contra os varões, automaticamente, quando entrei no quarto. A seguir, havia o lavatório de mármore, onde derramei a água que ainda pingava no chão de tijolos. Depois, duas cadeiras com meu casaco, meu colete e minhas calças jogados em cima delas. Em seguida, uma poltrona revestida de fustão branco sujo com minha gravata e camisa jogadas no encosto dela. Nas gavetas da cômoda, faltavam dois puxadores de latão e, sobre ela, havia um tinteiro de porcelana lascado que foi colocado como enfeite. A penteadeira estava enfeitada com um pequeno espelho e uma grande almofada de alfinetes. A janela era enorme. Uma velha foto estava mal iluminada pela luz mortiça da vela. Era a foto de um sujeito com um chapéu espanhol coroado com plumas. Um rufião moreno e sinistro que protegia os olhos, pois estava olhando para algo acima dele — talvez para um nó com o qual seria enforcado. De qualquer forma, o homem tinha a aparência de quem merecia tal destino.

Essa foto causou uma compulsão para que eu também olhasse para cima — no caso, para o dossel da cama. Como se tratava de algo sombrio e desinteressante, voltei a encarar a foto. Contei as penas em relevo no chapéu do homem: três brancas, duas verdes. Observei a copa em formato cônico, à moda de Guy Fawkes[10]. E me perguntei para o que ele olhava. Não poderia ser para as estrelas; parecia um bandido, não um astrólogo ou astrônomo. Devia estar olhando para a forca onde seria executado em breve. Será que o carrasco ficaria com o chapéu de plumas? Contei as penas novamente: três brancas, duas verdes.

Enquanto me demorava nessa distração, meus pensamentos começaram a vagar. O luar no quarto me lembrou certa noite na Inglaterra — a noite depois de um piquenique em um vale galês. Cada incidente da viagem de retorno em um cenário

---

10. Nome adotado pelo soldado católico inglês Guy Fawkes (1570-1606), enquanto lutava na Espanha. Famoso por ter participado da Conspiração da Pólvora, que pretendia assassinar o rei protestante Jaime I da Inglaterra e os membros do Parlamento inglês durante uma sessão em 1605. Sua figura se popularizou na cultura pop com a história em quadrinhos, e posterior adaptação cinematográfica, *V de Vingança*. (N. do T.)

encantador, cujo luar deixava mais adorável, voltou à memória. Fazia anos que não pensava naquele piquenique; entretanto, se eu tivesse *tentado* me lembrar dele, certamente recordaria pouco ou nada. De todas as faculdades que insistem em nossa imortalidade, qual delas fala a verdade com mais eloquência do que a memória? Cá estava eu, em uma casa de caráter suspeitíssimo, sem saber nem mesmo que perigo poderia estar correndo. Sim, esse exercício da lembrança era quase fora de propósito. No entanto, eu me recordava de lugares, pessoas, conversas, circunstâncias exatas que pensava esquecidas para sempre. O que havia produzido esse efeito complicado e misterioso em mim? Nada além de alguns raios de luar brilhando na janela do quarto.

Eu ainda pensava no piquenique, em nossa alegria ao voltar para casa, na jovem sentimental que *citaria* "A peregrinação de Childe Harold"[11] por causa do luar. Fui absorvido pelas divertidas cenas do passado quando, em um instante, o fio que pendurava tais memórias se partiu; minha atenção retornou ao presente com mais intensidade do que nunca e me vi, sem saber a razão, olhando fixamente para a foto outra vez.

Mas procurando pelo quê?

Meu Deus!

O homem da foto havia abaixado o chapéu até as sobrancelhas!

Não! O chapéu em si havia sumido! Onde estava a copa cônica? Onde estavam as penas: três brancas, duas verdes? Não estavam lá! No lugar do chapéu e das penas, que objeto escuro agora escondia a testa, os olhos, a mão fazendo sombra?

A cama estava se movendo?

Eu me virei e olhei para cima. Será que fiquei louco? Bêbado? Estou sonhando? Ou o dossel estava descendo lenta e silenciosamente — bem em cima de mim, ali, deitado?

Meu sangue congelou. Um frio paralisante me possuiu. Virei a cabeça no travesseiro e decidi testar se o dossel realmente estava se movendo e mative o olho na foto.

O contorno opaco, preto e desgrenhado da saia acima de mim estava a poucos centímetros de ficar paralelo à cintura do homem. Continuei olhando, sem fôlego. E de forma constante e lenta — muito lenta — vi a figura, e a linha da moldura abaixo da figura, desaparecer, conforme a saia desceu diante dela.

---

11. Poema narrativo em quatro partes escrito por Lorde Byron, publicado entre 1812 e 1818, que retrata as viagens e reflexões de um jovem cansado do mundo. (N. do T.)

Eu sou tudo menos medroso. Já corri risco de morrer em mais de uma ocasião e não me descontrolei; mas com a convicção de que o dossel da cama estava realmente descendo sobre mim, olhei em pânico para aquela máquina horrível de assassinato que se aproximava para me sufocar.

Olhei para cima, imóvel, sem palavras, sem fôlego. A vela gasta se apagou, mas a lua ainda iluminava o quarto. Descendo, descendo, sem parar e sem barulho, veio o dossel da cama e, ainda assim, o misto de pânico e terror parecia me prender com mais força ao colchão — ele veio até que senti o cheiro de poeira no dossel.

Naquele momento final, o instinto de autopreservação me tirou do transe e me mexi. Havia espaço apenas para rolar para fora da cama. Quando caí no chão, a ponta do dossel assassino resvalou meu ombro.

Sem respirar, ou secar o suor frio do rosto, fiquei de joelhos. Eu estava hipnotizado pelo dossel. Se tivesse ouvido passos atrás de mim, não conseguiria me virar; se uma fuga tivesse sido providenciada, não conseguiria aproveitar a chance. A vida dentro de mim se concentrava nos olhos.

O dossel inteiro desceu e se fechou de maneira tão hermética que não havia espaço para enfiar um dedo entre ele e a cama. Apalpei os lados e descobri que o que parecia o dossel leve e comum de uma cama era, na verdade, um colchão largo e alto, cuja essência se escondia sob a sanefa e franja. Eu vi os quatro varões se erguendo, descobertos. No meio do dossel, havia um parafuso de madeira que fazia a estrutura descer por um orifício no teto, assim como uma prensa industrial. O terrível aparato se moveu em silêncio e não havia o menor ruído no cômodo acima. Em meio à quietude mortal, vi diante de mim — no século XIX e na civilizada capital da França — uma máquina de asfixia que poderia existir nos piores dias da Inquisição e nas solitárias estalagens dos misteriosos tribunais da Vestfália[12]! Ainda assim, enquanto olhava o aparato, eu não conseguia me mexer e mal conseguia respirar, mas descobri a conspiração contra mim em todo o seu horror.

Minha xícara de café tinha sido batizada. Fui salvo do sufocamento por uma *overdose* de algum narcótico. O ataque de febre preservou minha vida ao me manter acordado! Como fui imprudente ao confiar nos dois desgraçados que me conduziram ao quarto, determinados, em nome dos meus ganhos, a me matar durante o sono com um artifício que jamais levantaria suspeitas! Quantos vencedores

---

12. A cadeia montanhosa Harz, no norte da Alemanha, foi cenário de uma "corrida da prata" no início do século XIX; os "Tribunais secretos de Vestfália", também na Alemanha, operaram um sistema de justiça brutal, comandado por uma fraternidade de juízes na Idade Média. (N. do T.)

dormiram naquela cama e nunca mais foram vistos! Eu estremeci diante dessa simples ideia.

Suspendi esse pensamento quando vi o dossel se movendo outra vez. Depois de permanecer na cama por cerca de dez minutos, ele começou a subir novamente. Os vilões que acionaram o aparato lá de cima, evidentemente, acreditavam que tinham me matado. De forma lenta e silenciosa, o dossel voltou ao lugar. Quando chegou às extremidades superiores dos quatro varões, também chegou ao teto. Nem orifício nem parafuso podiam ser vistos; a cama se tornou comum — o dossel igualmente banal, até para os olhos mais desconfiados.

Pela primeira vez consegui me levantar, vestir a roupa e pensar em escapar. Se eu revelasse que a tentativa de me sufocar havia fracassado, me matariam. Será que eu já tinha feito algum barulho? Escutei atentamente, olhando para a porta.

Nenhum passo no corredor. Nenhum som, leve ou pesado, no quarto acima. Silêncio absoluto em todos os lugares. Além de ter passado o ferrolho na porta, eu havia empurrado um velho baú de madeira contra ela. Remover esse baú (meu sangue gelou ao pensar no que *poderia* ser o conteúdo dele!) sem fazer barulho era impossível e, além disso, pensar em escapar pela casa, agora trancada, era loucura. Só me restava uma chance e fui até a janela na ponta dos pés.

Meu quarto ficava no primeiro andar, em cima de um *entresol*[13] que dava na rua lateral, aquela que o senhor esboçou no seu desenho. Levantei a mão para abrir a janela, sabendo que minha chance de viver dependia disso. Eles mantêm vigilância em uma Casa de Assassinato. Se alguma parte do batente estalasse, se a dobradiça rangesse, estaria perdido! Levei pelo menos cinco minutos para abrir aquela janela com o silêncio de um arrombador. Depois, olhei para a rua. Saltar aquela distância seria morte quase certa! Olhei as laterais da casa. Pelo lado esquerdo, descia o cano de água grosso que o senhor desenhou — ele passava perto da borda externa da janela. No momento em que vi o cano, soube que estava a salvo. Respirei aliviado pela primeira vez desde que tinha visto o dossel descendo sobre mim!

Para alguns homens, o meio de fuga que descobri poderia ser perigoso — para *mim*, a perspectiva de escorregar até a rua não sugeria nem mesmo a ideia de perigo. Sempre estive acostumado, pela prática da ginástica, a manter meus talentos da época de estudante. Já tinha passado uma perna por cima do peitoril da janela quando me lembrei do lenço cheio de dinheiro embaixo do travesseiro. Eu poderia deixá-lo para trás, mas estava decidido, de forma vingativa, que os

---

13. "Mezanino". Em francês no original. (N. do T.)

malfeitores do cassino perderiam o saque, assim como a vítima. Voltei para a cama e amarrei o lenço pesado nas costas pela gravata.

Assim que terminei de amarrar e de prender o lenço em um lugar confortável, pensei ter ouvido um som de respiração do lado de fora da porta. Um gelo de horror passou por mim novamente enquanto ouvia aquilo. Não! Ainda havia um silêncio sepulcral no corredor — eu só tinha ouvido o ar noturno soprando no quarto. No momento seguinte, eu estava no parapeito da janela e, no outro, agarrado com firmeza ao cano de água com as mãos e os joelhos.

Deslizei para a rua facilmente e parti o mais rápido que pude para uma delegacia de polícia nas proximidades. Um subdelegado e vários subordinados estavam acordados, planejando, creio eu, algum esquema para descobrir o autor de um misterioso assassinato de que toda Paris falava naquele momento. Quando comecei a contar minha história, sem fôlego e em um francês muito ruim, notei que o subdelegado suspeitava que eu fosse um inglês bêbado que havia roubado alguém; mas ele mudou de opinião conforme continuei e, antes que eu estivesse perto de concluir, o homem enfiou todos os papéis diante de si em uma gaveta, colocou seu chapéu e me forneceu outro (pois eu estava de cabeça descoberta), chamou uma fila de soldados, mandou os mais experientes prepararem ferramentas, segurou meu braço e me conduziu gentilmente para fora da delegacia.

Lá fomos nós pelas ruas. O subdelegado me interrogava e me parabenizava enquanto marchávamos à frente de nossa formidável *posse comitatus*[14]. Sentinelas se posicionaram nos fundos e na frente da casa assim que chegamos. Bateram na porta e uma luz apareceu em uma janela. Mandaram eu me esconder atrás da polícia e, em seguida, mais batidas e um grito de "Abram em nome da lei!". Perante aquela ordem, ferrolhos e fechaduras cederam e o subdelegado estava no corredor, interrogando um garçom meio vestido e pálido como um fantasma. Este foi o breve diálogo que ocorreu:

— Queremos ver o inglês que está dormindo nesta casa.

— Ele foi embora horas atrás.

— O inglês não fez nada disso. O amigo foi embora; *ele* permaneceu. Leve-nos ao quarto do inglês!

— Eu juro para o senhor, *Monsieur le Sous-préfet*[15], ele não está aqui! Ele...

---

14. "Milícia", em tradução livre. Grupo armado convocado por uma autoridade. Em latim no original. (N. do T.)

15. "Senhor subdelegado". Em francês no original. (N. do T.)

— Eu juro para o senhor, *Monsieur le Garçon*[16], ele está aqui. O inglês dormiu aqui. Ele não achou a cama confortável e veio até nós reclamar. Aqui está ele entre os meus homens; e aqui estou eu, pronto para procurar uma pulga ou duas na cabeceira dele. Renaudin! — O subdelegado chamou um dos subordinados e apontou para o garçom. — Pegue esse homem e amarre as mãos dele às costas. Agora, senhores, vamos subir!

Todos os homens e todas as mulheres da casa foram capturados — o "Velho Soldado" foi capturado primeiro. Em seguida, identifiquei a cama em que havia dormido e, depois, entramos no quarto de cima.

Nenhum objeto extraordinário apareceu em qualquer parte do cômodo. O subdelegado olhou em volta, mandou que todos ficassem calados, bateu o pé no chão duas vezes, pediu uma vela, olhou com atenção para o ponto onde pisara e mandou que o piso fosse cuidadosamente retirado. Isso foi feito em um instante. Luzes foram acesas e vimos uma cavidade profunda, com vigas entre o piso desse cômodo e o teto do quarto abaixo. Por essa cavidade corria, perpendicularmente, uma espécie de caixa de ferro muito bem engraxada e, dentro dessa caixa, apareceu o parafuso que se comunicava com o dossel abaixo. A extensão suplementar do parafuso tinha sido recentemente oleada e as alavancas estavam cobertas com feltro. O mecanismo superior completo de uma prensa industrial. Todas as peças foram montadas com engenhosidade, de modo a se juntar às luminárias abaixo e, quando desmontadas novamente, serem guardadas no menor espaço possível. Tudo foi descoberto e tirado de lá em seguida. Após algumas dificuldades, o subdelegado conseguiu montar o aparato, deixou seus homens trabalhando nele e desceu comigo para o quarto. O dossel sufocante foi, então, abaixado, mas não tão silenciosamente quanto da maneira que eu o tinha visto descer. Quando mencionei isso ao subdelegado, a resposta dele, por mais simples que tenha sido, teve um significado terrível.

— Meus homens — disse o subdelegado — estão trabalhando no dossel da cama pela primeira vez; os donos do dinheiro que o senhor ganhou tinham mais experiência.

Saímos da casa acompanhados por dois policiais — cada um dos prisioneiros estava sendo levado para a prisão imediatamente. O subdelegado, após tomar meu *procès-verbal*[17] em seu gabinete, voltou comigo ao hotel para pegar meu passaporte.

---

16. "Senhor garçom". Em francês no original. (N. do T.)

17. "Depoimento". Em francês no original. (N. do T.)

— O senhor acha — perguntei, ao entregar o documento — que algum homem foi sufocado naquela cama, como tentaram *me* sufocar?

— Já vi dezenas de afogados no necrotério — respondeu o subdelegado — em cujas carteiras foram encontradas cartas afirmando que se suicidaram no Sena porque perderam tudo na mesa de jogo. Sabe quantos desses homens entraram no mesmo cassino que o *senhor*? Quantos ganharam como o *senhor* ganhou? Quantos aceitaram aquela cama que o *senhor* aceitou? Quantos dormiram nela? Quantos foram sufocados nela e foram jogados em segredo no rio, com uma carta de explicação escrita pelos assassinos e colocada em suas carteiras? As pessoas do cassino mantiveram a máquina do dossel em segredo até mesmo *da polícia*! Os mortos guardaram o resto do segredo para eles. Boa noite, ou melhor, bom dia, Monsieur Faulkner! Esteja em meu gabinete novamente às 9h; enquanto isso, *au revoir*[18]!

O resto da minha história logo será contado. Fui interrogado de novo; o cassino foi revistado de cima a baixo; os prisioneiros foram interrogados separadamente e dois dos menos culpados entre eles confessaram. Descobri que o Velho Soldado era o dono do cassino — a *Justiça* descobriu que ele havia sido expulso do exército há anos, culpado por todo tipo de vilania. Desde então, ele estava em posse de bens identificados pelos proprietários e descobriram que ele, o crupiê, outro cúmplice e a mulher que fizera minha xícara de café sabiam o segredo do dossel da cama. Parecia haver algum motivo para duvidar se os funcionários inferiores do cassino sabiam a respeito da máquina sufocante, portanto, eles receberam o benefício da dúvida e foram tratados apenas como ladrões e vagabundos. Quanto ao Velho Soldado e seus principais lacaios, foram condenados às galés; a mulher que drogou meu café foi presa por não sei quantos anos; os frequentadores regulares do cassino foram considerados "suspeitos" e colocados sob "vigilância"; eu me tornei, por uma semana inteira (o que é muito tempo), a principal "celebridade" da sociedade parisiense. Minha aventura foi dramatizada por três ilustres dramaturgos, mas nunca chegou aos teatros, pois a censura proibia a introdução, no palco, de uma cópia exata do dossel do cassino.

Minha aventura gerou um bom resultado, qualquer órgão censor a aprovaria: ela me curou de tentar novamente *Rouge et Noir* como diversão. A visão de um pano verde, com baralhos e montes de dinheiro, estará sempre associada com a visão de um dossel descendo para me sufocar na escuridão da noite.

Assim que o Senhor Faulkner pronunciou essas palavras, ele teve um sobressalto na cadeira e retomou a postura rígida e digna com grande pressa.

---

18. "Adeus". Em francês no original. (N. do T.)

— Ora, ora! — exclamou ele, com um olhar cômico de espanto e vexame. — Enquanto eu lhe contava qual é o verdadeiro segredo do meu interesse no esboço que o senhor tão gentilmente me deu, esqueci completamente que vim aqui para ser retratado. Pela última hora ou mais, devo ter sido o pior modelo que o senhor já teve que desenhar!

— Pelo contrário, o senhor tem sido o melhor — falei. — Eu vinha tentando captar sua aparência, mas ao contar a história, o senhor inconscientemente me mostrou a expressão natural que eu queria para garantir meu sucesso.

BILHETE DA SRA. KERBY

Não posso deixar essa história terminar sem mencionar o que aconteceu, por acaso, para que ela fosse contada na fazenda ontem à noite. Nosso amigo, o jovem marinheiro, entre suas outras objeções estranhas em relação a dormir em terra firme, declarou que tinha um ódio especial por camas com dossel, porque nunca dormia em uma sem se questionar se o dossel não desceria para sufocá-lo. Achei curiosa essa referência casual à característica peculiar da narrativa de William, e meu marido concordou comigo. Porém, ele disse que quase não vale a pena mencionar esse detalhe insignificante em algo tão importante quanto um livro. Depois disso, não posso arriscar a fazer mais do que inserir modestamente essas linhas no final da história. Se o editor notar minhas últimas palavras, talvez ele não se importe em colocá-las em algum cantinho isolado.

L. K.

**ASSINE NOSSA NEWSLETTER E RECEBA
INFORMAÇÕES DE TODOS OS LANÇAMENTOS**

www.faroeditorial.com.br

Campanha

FiqueSabendo

Há um grande número de pessoas vivendo com HIV e hepatites virais que não se trata. Gratuito e sigiloso, fazer o teste de HIV e hepatite é mais rápido do que ler um livro.
Faça o teste. Não fique na dúvida!

Veríssimo

ESTA OBRA FOI IMPRESSA
EM JANEIRO DE 2024